DAO DE JING

O livro do Tao

O livro é a porta que se abre para a realização do homem.

Jair Lot Vieira

Laozi

DAO DE JING

O livro do Tao

Tradução
CHIU YI CHIH
Mestre em Filosofia Antiga pela USP.
Graduado em Língua Estrangeira
e Literatura Grega Clássica pela USP.
Ministra cursos de Filosofia Taoista
com ênfase nos três principais
pensadores do taoismo clássico:
Laozi, Chuangzi e Liezi.

mantra.

Grafia conforme o novo Acordo Ortográfico da Língua Portuguesa.

1ª edição, 1ª reimpressão 2022.

Editores: Jair Lot Vieira e Maíra Lot Vieira Micales
Coordenação editorial: Fernanda Godoy Tarcinalli
Revisão: Mateus dos Santos Grava
Diagramação: Karine Moreto Massoca
Capa: Marcela Badolatto | Studio Mandragora

Dados Internacionais de Catalogação na Publicação (CIP)
(Câmara Brasileira do Livro, SP, Brasil)

Laozi

Dao De Jing : o livro do Tao / Laozi ; tradução de Chiu Yi Chih – São Paulo : Mantra, 2017.

Título original: 道德经 (Dàodéjing)

ISBN 978-85-68871-05-8

1. Filosofia oriental 2. Filosofia taoista 3. Literatura chinesa 4. Taoismo – Livros sagrados I. Título.

17-03263 CDD-299.51482

Índices para catálogo sistemático:
1. Livros sagrados : Taoismo : Religião : 299.51482
2. Taoismo : Livros sagrados : Religião : 299.51482

EDITORA AFILIADA

mantra

São Paulo: (11) 3107-7050 • Bauru: (14) 3234-4121
www.mantra.art.br • edipro@edipro.com.br
@editoraedipro @editoraedipro

Nota do tradutor*

Para a presente tradução do *Dao De Jing* de Laozi, eu utilizei e consultei os livros fundamentais de Chen Gu Ying, Wang Bang Xiong, Si Ma Zhi, Wang Shi Lin, Zhang Mo Sheng e Zhao Ping. Os autores e comentadores chineses foram importantíssimos na medida em que traziam, ao lado do texto original de Laozi, as suas respectivas traduções e comentários para o chinês moderno atual. A língua chinesa clássica de Laozi traz alguns ideogramas antigos que já nem são mais empregados atualmente pelos próprios falantes chineses, e dificilmente aparecem na escrita culta moderna. São aquelas palavras específicas que funcionavam de acordo com os parâmetros das regras gramaticais próprias da língua antiga. Contudo, vale destacar que muitas ainda permanecem no sistema linguístico atual e são utilizadas com a mesma significação. Nesta edição, pode-se acompanhar o texto em português junto com os ideogramas chineses e seu respectivo sistema de pronúncia *pin yin* (transliteração fonética) para quem queira cotejar o texto original.

Nesse sentido, a tradução diretamente do chinês para o português, auxiliada pela consulta das traduções e pelos comentários dos autores anteriormente mencionados, permitiu apreender o sentido es-

*. Chiu Yi Chih é filósofo, professor de filosofia, escritor e tradutor (português/mandarim). Nasceu em Taipei (Taiwan) e se naturalizou brasileiro. É mestre em Filosofia Antiga pela USP e graduado em Língua e Literatura Grega Clássica também pela USP. Ministra cursos de Filosofia Taoista com ênfase nos três principais pensadores do taoismo clássico: Laozi, Chuangzi e Liezi. Outras interlocuções na sua pesquisa e ensino são Confúcio, Budismo Chan, Filosofia Grega Clássica (Platão/Aristóteles) e Filosofia Contemporânea (Deleuze). Chiu Yi Chih criou a concepção filosófica e estética *Metacorporeidade* no LOZ, que resultou no livro recente *Metacorporeidade* (Córrego, 2016), reunindo seus ensaios filosóficos, poemas e prosas poéticas em diálogo com a Filosofia Contemporânea e o taoismo. Participou também do livro *Deleuze Hoje* (Unifesp, 2014) e publicou seu livro de poesias *Naufrágios* (Multifoco, 2011). Mantém ainda o site www.mandarimtaoismo.com.

pecial de cada palavra utilizada por Laozi, considerando os aspectos linguístico-filosóficos do seu pensamento. Como sou mestre em Filosofia Grega Antiga (USP) e graduado em Letras (Grego-Português), essa experiência com textos gregos durante alguns anos se refletiu também na leitura e na análise filosóficas do texto chinês de Laozi. Ser nativo chinês também foi fundamental para a tradução. Como venho ministrando cursos e palestras do pensamento taoista a partir do *Dao De Jing*, traçando diferenças e contrastes com o pensamento grego antigo, essa tarefa naturalmente veio na hora oportuna.

Durante a tradução, considerei o ritmo cadenciado de certas passagens que, surpreendentemente, se aproximam da linguagem poética. De modo peculiar, o estilo conciso de Laozi e a sua constelação de imagens simbólicas contribuem para a beleza do livro. O pensamento se revela na linguagem. Espero que o leitor brasileiro, lendo esta edição do *Dao De Jing*, possa saborear o caráter ancestral e profundo do pensamento taoista que, de modo tão expressivo, determinou o desenvolvimento de outras áreas do conhecimento, como a Medicina Tradicional Chinesa, o Tai-Chi, o Qi-Gong e a Acupuntura. No Brasil, percebe-se que o taoismo vem atraindo novas gerações. E sua influência vigorosa está presente não somente na cultura e na sociedade chinesas como em todo o mundo ocidental.

REFERÊNCIAS

Chen, Guyin (陳鼓應). *Laozi Zhushijipingjie* 老子注釋及評介 (Laozi com tradução, explicação e comentários). Beijing: ZhongHuaShuJu, 2012.

Zhao, Ping (赵萍). *Laozi* 老子 (Laozi com tradução, notas e comentários). Beijing: Jinlin Daxue Chubanshe (Universidade de JinLin), 2010.

Wang, Bang Xiong (王邦雄). *Laozi Daodejing De Xiandai Jiedu* 老子道德經的現代解讀 (Laozi com interpretação moderna). Taipei: Yuanshu Chubanshi Yegufenyouxian Gongsi, 2010.

Si, Ma Zhi (司馬志). *Daodejing Quanshu Laozi Yuanzuo* 道德經全書/老子原作 (*Dao De Jing* com tradução, comentários e notas). Xinbei: Huazhi Wenhua, 2013.

Wang, Shi Lin (王世林). *Chuangzi / Laozi* 床子 老子 (*Dao De Jing* com tradução e notas explicativas). Beijing: Jinlin Daxue Chubanshe (Universidade de JinLin), 2010.

道德經

DAO DE JING

一

yī

道可道, 非常道
dào kě dào, fēi cháng dào.

名可名, 非常名。
míng kě míng, fēi cháng míng.

无, 名天地之始。
Wú, míng tiān dì zhī shǐ.

有, 名万物之母。
yǒu míng wàn wù zhī mǔ.

故常无欲以观其妙。
gù cháng wú yù yǐ guān qí miào.

常有欲以观其徼。
cháng yǒu yù yǐ guān qí jiào.

此两者, 同出而异名, 同谓之玄。
cǐ liǎng zhě, tóng chū ér yì míng, tóng wèi zhī xuán.

玄之又玄, 众妙之门。
xuán zhī yòu xuán, zhòng miào zhī mén.

O Dao que se pode falar não é o Dao Constante.
O nome que se pode nomear não é o Nome Constante.

O Vazio é o princípio do Céu e da Terra.
A Existência é a mãe de todos os seres.

Portanto, no Constante Vazio sem desejo se contempla o mistério.
Na Constante Existência com desejo se contemplam os vestígios.

Embora com nomes distintos, ambos se originam do mesmo princípio:
mistério pleno de mistérios, portal de todos os prodígios.

二
èr
2

天下皆知美之为美，斯恶已。
tiān xià jiē zhī měi zhī wéi měi, sī è yǐ.

皆知善之为善，斯不善已。
jiē zhī shàn zhī wéi shàn, sī bù shàn yǐ.

有无相生;
yǒu wú xiāng shēng;

难易相成;
nán yì xiāng chéng;

长短相形;
cháng duǎn xiāng xíng;

高下相倾;
gāo xià xiāng qīng;

音声相和;
yīn shēng xiāng hé;

前后相随。
qián hòu xiāng suí.

是以圣人处无为之事，
shì yǐ shèng rén chǔ wú wéi zhī shì,

行不言之教。
xíng bù yán zhī jiào.

万物作而不辞，
wàn wù zuò ér bù cí,

生而不有，为而不恃，
shēng ér bù yǒu, wéi ér bù shì,

功成而弗居。
gōng chéng ér fú jū.

夫唯弗居，是以不去。
fū wéi fú jū, shì yǐ bù qù.

Quando se reconhece o belo como belo, nasce o feio.
Quando se reconhece o bem como bem, este deixa de sê-lo.

A Existência e o Vazio se geram um pelo outro;
O difícil e o fácil se completam;
O longo e o curto se comparam;
O alto e o baixo se dependem;
O som e a voz se harmonizam;
O antes e o depois se seguem um ao outro.

Por isso, o Sábio age através da Não Ação
e pratica o ensinamento sem falar.

Assim, todos os seres atuam sem nenhuma intervenção,
geram sem se apoderar e realizam sem depender.

Cumprida a obra, o Sábio não se apega.
Não havendo apego, nada se perde.

三
sān
3

不尚贤，
bù shàng xián,

使民不争。
shǐ mín bù zhēng.

不贵难得之货，
bù guì nán dé zhī huò,

使民不为盗。
shǐ mín bù wéi dào.

不见可欲，
bú jiàn kě yù,

使民心不乱。
shǐ mín xīn bù luàn.

是以圣人之治，
shì yǐ shèng rén zhī zhì,

虚其心，实其腹，
xū qí xīn, shí qí fù,

弱其志，强其骨。
ruò qí zhì, qiáng qí gǔ.

常使民无知无欲。
cháng shǐ mín wú zhī wú yù.

使夫智者不敢为也。
shǐ fū zhī zhě bù gǎn wéi yě.

为无为，则无不治。
wéi wú wéi, zé wú bù zhì.

Não glorifique os virtuosos
e o povo não disputará.

Não estime os bens valiosos
e o povo não roubará.

Não exponha o que se pode desejar
e o coração do povo não se afligirá.

Por isso, o governo do Sábio
esvazia o coração, sacia o ventre,
enfraquece a ambição e fortalece os ossos.

Conduz sempre o povo ao Não Saber e ao Não Desejo.
Jamais deixa os homens sagazes atuarem com audácia.
Agindo através da Não Ação, nada será desgovernado.

四
sì
4

道冲，而用之或不盈。
dào chōng, ér yòng zhī huò bù yíng.

渊兮似万物之宗。
yuān xī sì wàn wù zhī zōng.

挫其锐，解其纷，
cuò qí ruì, jiě qí fēn,

和其光，同其尘。
hé qí guāng, tóng qí chén.

湛兮似或存。
zhàn xī sì huò cún.

吾不知谁之子，
wú bù zhī shuí zhī zǐ,

象帝之先。
xiàng dì zhī xiān.

O Dao é Vazio, mas sua eficácia não se esvai.

Abismo ancestral de todos os seres!

Abranda o afiado, desenlaça os nós.
Une-se com a luz, funde-se com o pó.

Profunda existência!

Não sei de quem é filho.
Parece anterior ao divino ancestral!

五
wǔ
5

天地不仁，
tiān dì bù rén,

以万物为刍狗；
yǐ wàn wù wéi chú gǒu;

圣人不仁，
shèng rén bù rén,

以百姓为刍狗。
yǐ bǎi xìng wéi chú gǒu.

天地之间，
tiān dì zhī jiān,

其犹橐龠乎？
qí yóu tuó yuè hū?

虚而不屈，
xū ér bù qū,

动而愈出。
dòng ér yù chū.

多言数穷，
duō yán shù qióng,

不如守中。
bù rú shǒu zhōng.

O Céu e a Terra não são benevolentes.
Consideram todos os seres como cães-de-palha.

O Sábio não é benevolente.
Considera todos como cães-de-palha.

O espaço entre Céu e Terra
não se parece com um fole?

Esvazia-se e não se encolhe.
Move-se e ainda transborda.

Palavras excessivas consomem.
Melhor conservar-se no centro.

六
liù
6

谷神不死。
gǔ shén bù sǐ.

是谓玄牝。
shì wèi xuán pìn.

玄牝之门，
xuán pìn zhī mén,

是谓天地根。
shì wèi tiān dì gēn.

绵绵若存，
mián mián ruò cún,

用之不勤。
yòng zhī bù qín.

O Espírito do Vale nunca morre.
Chama-se Fêmea Misteriosa.

A porta da Fêmea Misteriosa
é a raiz do Céu e da Terra.

Incessante existência.
Inesgotável eficácia.

七
qī
7

天长地久。
tiān cháng dì jiǔ.

天地所以能长且久者,
tiān dì suǒ yǐ néng cháng qiě jiǔ zhě,

以其不自生,
yǐ qí bù zì shēng,

故能长生。
gù néng cháng shēng.

是以圣人后其身而身先,
shì yǐ shèng rén hòu qí shēn ér shēn xiān,

外其身而身存。
wài qí shēn ér shēn cún.

非以其无私邪?
fēi yǐ qí wú sī yé?

故能成其私。
gù néng chéng qí sī.

O Céu perdura. A Terra permanece.
Céu e Terra perpetuam-se.
Por não existirem para si mesmos,
eles podem viver indefinidamente.

Assim, o Sábio recua e ainda prevalece;
retira-se e ainda permanece.
Portanto, agindo sem egoísmo,
não estará realizando-se a si mesmo?

八
bā
8

上善若水。
shàng shàn ruò shuǐ.

水善利万物而不争，
shuǐ shàn lì wàn wù ér bù zhēng,

处众人之所恶，
chǔ zhòng rén zhī suǒ wù,

故几于道：
gù jī yú dào:

居善地，
jū shàn dì,

心善渊，
xīn shàn yuān,

与善仁，
yǔ shàn rén,

言善信，
yán shàn xìn,

政善治，
zhèng shàn zhì,

事善能，
shì shàn néng,

动善时。
dòng shàn shí.

夫唯不争，故无尤。
fū wéi bù zhēng, gù wú yóu.

Suprema Bondade é como a água.

Sem disputa, a água beneficia todos os seres,
habita os sítios que a multidão detesta
e, por isso, é semelhante ao Dao:
vive com bondade na terra,
ama com bondade como um rio profundo,
doa com bondade no amor,
fala com bondade na confiança,
governa com bondade na ordem,
age com bondade na eficácia
e realiza com bondade no momento propício.

Assim, sem disputa, não há ressentimento.

九
jiǔ
9

持而盈之不如其已。
chí ér yíng zhī bù rú qí yǐ.

揣而锐之不可长保。
zhuī ér ruì zhī bù kě cháng bǎo.

金玉满堂莫之能守。
jīn yù mǎn táng mò zhī néng shǒu.

富贵而骄，自遗其咎。
fù guì ér jiāo, zì yí qí jiù.

功遂身退，天之道。
gōng suì shēn tuì, tiān zhī dào.

Em vez de persistir e ficar cheio de si, é melhor parar.
Não se consegue preservar uma lâmina sempre afiada.

Não se pode conservar uma sala cheia de ouro e jade.
Riqueza, opulência e arrogância causam infelicidade.

Retirar-se quando realizada a obra: assim é o Dao do Céu.

十
shí
10

载营魄抱一，
zài yíng pò bào yī,

能无离乎？
néng wú lí hū?

专气致柔，
zhuān qì zhì róu,

能如婴儿乎？
néng rú yīng ér hū?

涤除玄览，
dí chú xuán lǎn,

能无疵乎？
néng wú cī hū?

爱民治国，
ài mín zhì guó,

能无为乎？
néng wú wéi hū?

天门开阖，
tiān mén kāi hé,

能为雌乎？
néng wéi cí hū?

明白四达，
míng bái sì dá,

能无知乎？
néng wú zhī hū?

生之畜之，
shēng zhī xù zhī,

生而不有，
shēng ér bù yǒu,

为而不恃，
wéi ér bù shì,

长而不宰，
zhǎng ér bù zǎi,

是谓玄德。
shì wèi xuán dé.

Quem abraça a Unidade no seu corpo e espírito
não poderá tornar-se íntegro?

Quem reúne o Sopro Vital na suavidade
não poderá ser como recém-nascido?

Quem se purifica com a visão do mistério
não poderá existir sem imperfeições?

Quem ama o povo e governa o reino
não poderá agir através da Não Ação?

Quem abre e fecha a porta do Céu
não poderá tornar-se feminino?

Quem ilumina as quatro direções
não poderá existir através do Não Saber?

Gerar e cultivar,
gerar sem se apoderar,
agir sem depender,
conduzir sem dominar,
eis o que é a Virtude Misteriosa.

十一
shí yī
11

三十辐共一毂，
sān shí fú gòng yī gǔ,

当其无，有车之用。
dāng qí wú, yǒu chē zhī yòng.

埏埴以为器，
shān zhí yǐ wéi qì,

当其无，有器之用。
dāng qí wú, yǒu qì zhī yòng.

凿户牖以为室，
záo hù yǒu yǐ wéi shì,

当其无，有室之用。
dāng qí wú, yǒu shì zhī yòng.

故有之以为利，
gù yǒu zhī yǐ wéi lì,

无之以为用。
wú zhī yǐ wéi yòng.

Convergem trinta raios ao centro da roda,
mas a eficácia da carruagem surge do Vazio.

Usa-se argila para modelar o vaso,
mas a eficácia do vaso surge do Vazio.

Cinzelam-se portas e janelas para a casa,
mas a eficácia da casa surge do Vazio.

Por isso, a Existência gera o proveitoso
e o Vazio produz a eficácia.

十二
shí èr
12

五色令人目盲。
wǔ sè lìng rén mù máng.

五音令人耳聋。
wǔ yīn lìng rén ěr lóng.

五味令人口爽。
wǔ wèi lìng rén kǒu shuǎng.

驰骋畋猎令人心发狂。
chí chěng tián liè lìng rén xīn fā kuáng.

难得之货令人行妨。
nán dé zhī huò lìng rén xíng fáng.

是以圣人
shì yǐ shèng rén

为腹不为目。
wèi fù bù wèi mù.

故去彼取此。
gù qù bǐ qǔ cǐ.

Cinco cores cegam a visão.
Cinco tons ensurdecem a audição.
Cinco sabores corrompem o paladar.

Corridas e caçadas enlouquecem o coração.
Bens valiosos desviam a ação humana.

Por isso, o Sábio
realiza pelo ventre e não pelos olhos:
afasta aquilo e alcança isto.

十三
shí sān
13

宠辱若惊，
chǒng rǔ ruò jīng,

贵大患若身。
guì dà huàn ruò shēn.

何谓宠辱若惊？
hé wèi chǒng rǔ ruò jīng?

宠为上，辱为下。
chǒng wéi xià, rǔ wéi xià.

得之若惊，失之若惊，
dé zhī ruò jīng, shī zhī ruò jīng,

是谓宠辱若惊。
shì wèi chǒng rǔ ruò jīng.

何谓贵大患若身？
hé wèi guì dà huàn ruò shēn?

吾所以有大患者，为吾有身。
wú suǒ yǐ yǒu dà huàn zhě, wéi wú yǒu shēn.

及吾无身，吾有何患？
jí wú wú shēn, wú yǒu hé huàn?

故贵以身为天下，
gù guì yǐ shēn wéi tiān xià,

若可寄天下。
ruò kě jì tiān xià.

爱以身为天下，
ài yǐ shēn wéi tiān xià,

若可托天下。
ruò kě tuō tiān xià.

O prestígio e a desgraça são como os temores.
É como estimar as próprias aflições.

Por que o prestígio e a desgraça são como os temores?

O prestígio eleva. A desgraça avilta.
Temível é ganhar a desgraça e perder o prestígio.
Por isso, o prestígio e a desgraça são como os temores.

Por que estimar as próprias aflições?
Tenho aflições por estimar a mim mesmo.
Sem isso, por que teria aflições?

Portanto, ao estimar o mundo como a si mesmo,
o mundo poderá lhe ser dado.

Ao amar o mundo como a si mesmo,
o mundo poderá lhe ser confiado.

十四
shí sì
14

视之不见，
shì zhī bù xiàn,

名曰夷。
míng yuē yí.

听之不闻，
tīng zhī bù wén,

名曰希。
míng yuē xī.

搏之不得，
bó zhī bù dé,

名曰微。
míng yuē wēi.

此三者不可致诘，
cǐ sān zhě bù kě zhì jié,

故混而为一。
gù hùn ér wéi yī.

其上不皦，
qí shàng bù jiǎo,

其下不昧。
qí xià bù mèi.

绳绳不可名，
shéng shéng bù kě míng,

复归于无物。
fù guī yú wú wù.

Olhado sem ser visto:
seu nome é invisível.
Escutado sem ser ouvido:
seu nome é inaudível.
Tocado sem ser alcançado:
seu nome é intangível.
Eis os três atributos indefinidos,
confundidos na Unidade.

No alvorecer, não resplandece.
No entardecer, não escurece.
Ininterrupto, inominável,
assim é o retorno do não existente.

是谓无状之状，
shì wèi wú zhuàng zhī zhuàng,

无物之象，是谓惚恍。
wú wù zhī xiàng, shì wèi hū huǎng.

迎之不见其首，
yíng zhī bù jiàn qí shǒu,

随之不见其后。
suí zhī bù jiàn qí hòu.

执古之道，
zhí gǔ zhī dào,

以御今之有。
yǐ yù jīn zhī yǒu.

能知古始：
néng zhī gǔ shǐ:

是谓道纪。
shì wèi dào jì.

Diz-se que é a forma da não forma,
a imagem do não existente, o indistinto.
Ao confrontá-lo, não vemos seu rosto.
Ao segui-lo, não vemos seu dorso.

Alcançando o Dao Imemorial,
pode-se conduzir a existência atual.
Conhecer o princípio ancestral:
isso se diz a lei do Dao.

十五
shí wǔ
15

古之善为士者，
gǔ zhī shàn wéi shì zhě,

微妙玄通，
wēi miào xuán tōng,

深不可识。
shēn bù kě shí.

夫唯不可识，
fú wéi bù kě shí,

故强为之容。
gù qiáng wéi zhī róng.

豫兮若冬涉川！
yù xī ruò dōng shè chuān!

犹兮若畏四邻！
yóu xī ruò wèi sì lín!

俨兮其若客！
yǎn xī qí ruò róng!

涣兮若冰之将释！
huàn xī ruò bīng zhī jiāng shì!

敦兮其若朴！
dūn xī qí ruò pǔ!

旷兮其若谷！
kuàng xī qí ruò gǔ!

混兮其若浊！
hùn xī qí ruò zhuó!

孰能浊以静之徐清？
shú néng zhuó yǐ jìng zhī xú qīng?

孰能安以动之徐生？
shú néng ān yǐ dòng zhī xú shēng?

保此道者不欲盈。
bǎo cǐ dào zhě bù yù yíng.

夫唯不盈，故能蔽而新成。
fú wéi bù yíng, gù néng bì ér xīn chéng.

Os antigos e sublimes mestres do Dao
eram sutis, prodigiosos, sábios, misteriosos,
profundos e incompreensíveis.

Não sendo compreendidos,
eis que somente poderão ser descritos.

Cautelosos como ao atravessar as águas do rio invernal!
Prudentes como a temer os vizinhos!
Respeitosos como os hóspedes!
Evanescentes como gelo fundente!
Inocentes como madeira bruta!
Imensuráveis como os vales!
Insondáveis como as águas turvas!

Quem poderá silenciar e suavemente se tornar luminoso?
Quem poderá se mover e suavemente viver com serenidade?

Quem preserva o Dao não deseja ficar cheio de si.
Não se saturando, poderá realizar a secreta renovação.

十六
shí liù
16

致虚极，
zhì xū jí,

守静笃。
shǒu jìng dǔ.

万物并作，
wàn wù bìng zuò,

吾以观复。
wú yǐ guān fù.

夫物芸芸，
fú wù yún yún,

各复归其根。
gè fù guī qí gēn.

归根曰静，
guī gēn yuē jìng,

是谓复命。
shì wèi fù mìng.

复命曰常。
fù mìng yuē cháng.

知常曰明。
zhī cháng yuē míng.

Alcançando o Supremo Vazio,
resguardo-me em vigoroso silêncio.

Contemplo a manifestação
e o retorno de todos os seres.

No florescer em profusão,
cada ser retorna à sua raiz.

Retornar à raiz é o silêncio.
Diz-se que é o Retorno ao Destino.

Retorno ao Destino é Constância.
Conhecer a Constância é Iluminação.

不知常，妄作凶。
bù zhī cháng, wàng zuò xiōng.

知常容。
zhī cháng róng.

容乃公。
róng nǎi gōng.

公乃全。
gōng nǎi quán.

全乃天。
quán nǎi tiān.

天乃道。
tiān nǎi dào.

道乃久，
dào nǎi jiǔ,

没身不殆。
mò shēn bù dài.

Não conhecer a Constância é agir mal.
Conhecer a Constância é Amplitude.

Amplitude é Justiça.
Justiça é Totalidade.
Totalidade é Céu.
Céu é Dao.

O Dao é a Perenidade.
Ao se desvanecer o corpo,
nada estará em risco.

十七
shí qī
17

太上，下知有之。
tài shàng, xià zhī yǒu zhī.

其次，亲而誉之。
qí cì, qīn ér yù zhī.

其次，畏之。其次侮之。
qí cì, wèi zhī. qí cì wǔ zhī.

信不足焉，有不信焉。
xìn bù zú yān, yǒu bù xìn yān.

悠兮其贵言，
yōu xī qí guì yán,

功成事遂，
gōng chéng shì suì,

百姓皆谓："我自然"。
bǎi xìng jiē wèi: "wǒ zì rán".

Na extrema antiguidade, os soberanos apenas eram conhecidos.
Com o decorrer das épocas, alguns foram adorados e louvados.
E, em seguida, outros ainda foram temidos e desprezados.

Assim, na falta de confiança, impera a desconfiança.

Serenos eram aqueles que ponderavam a sua fala.
Por isso, realizada a obra, todas as coisas se cumpriam
e o povo ainda dizia: "somos assim naturalmente".

十八
shí bā
18

大道废，
dà dào fèi,

有仁义。
yǒu rén yì.

慧智出，
huì zhì chū,

有大伪。
yǒu dà wěi.

六亲不和，
liù qīn bù hé,

有孝慈。
yǒu xiào cí.

国家昏乱，
guó jiā hūn luàn,

有忠臣。
yǒu zhōng chén.

Quando se abandona o Supremo Dao,
surgem a Benevolência e a Retidão.

Sobressaindo a inteligência e a sagacidade,
surgem as maiores hipocrisias.

Quando se desarmonizam as afeições familiares,
surgem os deveres filiais.

Ocorrendo a desordem nos reinos,
surgem os ministros leais.

十九
shí jiǔ
19

绝圣弃智，
jué shèng qì zhì,

民利百倍。
mín lì bǎi bèi.

绝仁弃义，
jué rén qì yì,

民复孝慈。
mín fù xiào cí.

绝巧弃利，
jué qiǎo qì lì,

盗贼无有。
dào zéi wú yǒu.

此三者以为文不足，
cǐ sān zhě yǐ wéi wén bù zú,

故令有所属：
gù lìng yǒu suǒ shǔ:

见素抱朴，
jiàn sù bào pǔ,

少私寡欲。
shǎo sī guǎ yù.

Quando abandonarem a santidade e a sagacidade,
o povo será cem vezes beneficiado.

Quando abandonarem a Benevolência e a Retidão,
o povo regressará ao amor filial.

Quando abandonarem a astúcia e o ganho,
não haverá roubos e nem assaltos.

Essas três sentenças refinadas não bastam,
pois é preciso incluir as tais condições:
contemplar a pureza, abraçar a simplicidade,
diminuir os interesses e moderar os desejos.

二十
èr shí
20

绝学无忧。
jué xué wú yōu.

唯之与阿，相去几何？
wéi zhī yǔ ā, xiāng qù jǐ hé?

善之与恶，相去若何？
shàn zhī yǔ è, xiāng qù ruò hé?

人之所畏，不可不畏。
rén zhī suǒ wèi, bù kě bù wèi.

荒兮其未央哉！
huāng xī qí wèi yāng zāi!

众人熙熙，如享太牢，
zhòng rén xī xī, rú xiǎng tài láo,

如春登台。
rú chūn dēng tái.

我独泊兮，其未兆，
wǒ dú bó xī, qí wèi zhào,

如婴儿之未孩；
rú yīng ér zhī wèi hái;

儽儽兮，若无所归。
lěi lěi xī, ruò wú suǒ guī.

众人皆有余，
zhòng rén jiē yǒu yú,

而我独若遗。
ér wǒ dú ruò yí.

我愚人之心也哉！
wǒ yú rén zhī xīn yě zāi!

沌沌兮！俗人昭昭。
dùn dùn xī! sú rén zhāo zhāo.

我独昏昏；
wǒ dú hūn hūn;

俗人察察，
sú rén chá chá,

Abandone o estudo e não haverá tormento.
Aceitação e reprovação! Qual a diferença?
Bem e mal! Como se distinguem?
São terríveis os temores dos seres humanos.
Ó vasta desolação do mundo!

Extasiada, a multidão se deleita nos grandes sacrifícios,
como se subisse os morros na festa da primavera.
Apenas eu estou sozinho em repouso, apático,
como recém-nascido que ainda não sorriu.
Exausto, sem saber para onde retornar!

Todos possuem em excesso.
Só eu vagueio solitário como um errante!
Ó meu coração estúpido e confuso!
Todos são ofuscantes.
Só eu sou turvo.

我独闷闷。
wǒ dú mèn mèn.

澹兮其若海,
dàn xī qí rùo hǎi,

飂兮若无止。
liáo xī rùo wú zhǐ.

众人皆有以,
zhòng rén jiē yǒu yǐ,

而我独顽似鄙。
ér wǒ dú wán sì bǐ.

我独异于人,
wǒ dú yì yú rén,

而贵食母。
ér guì sì mǔ.

Todos são astuciosos.
Só eu sou melancólico,
sereno como oceano,
vento sem destino.

Todos agem com desígnios.
Só eu sou teimoso,
rústico e diferente,
pois reverencio a Mãe Nutridora.

二十一
èr shí yī
21

孔德之容，
kǒng dé zhī róng,
惟道是从。
wéi dào shì cóng.
道之为物，
dào zhī wéi wù,
惟恍惟惚。
wéi huǎng wéi hū.
惚兮恍兮，
hū xī huǎng xī,
其中有象。
qí zhōng yǒu xiàng.
恍兮惚兮，
huǎng xī hū xī,
其中有物。
qí zhōng yǒu wù.
窈兮冥兮，
yǎo xī míng xī,
其中有精。
qí zhōng yǒu jīng.
其精甚真。
qí jīng shèn zhēn.
其中有信。
qí zhōng yǒu xìn.
自古及今，
zì gǔ jí jīn,
其名不去，
qí míng bù qù,
以阅众甫。
yǐ yuè zhòng fǔ.
吾何以知众甫之状哉?
wú hé yǐ zhī zhòng fǔ zhī zhuàng zāi?
以此。
yǐ cǐ.

As formas da Suprema Virtude
emanam tão somente do Dao.

Enquanto existência,
o Dao é insondável e indistinto.

Insondável, indistinto!
No seu íntimo existe a imagem.

Indistinto, insondável!
No seu íntimo existem os seres.

Na sua profundeza obscura
habita a essência:
essa essência tão genuína
em cujo íntimo existe a confiança!

Desde os primórdios até o presente,
seu nome não se desvanece
e se vislumbra o princípio de todas as coisas.

Como conheço a origem de toda existência?
Por meio do Dao.

二十二
èr shí èr
22

曲则全。
qū zé quán.

枉则直。
wǎng zé zhí.

洼则盈。
wā zé yíng.

敝则新。
bì zé xīn.

少则得。
shǎo zé dé.

多则惑。
duō zé huò.

是以圣人抱一,
shì yǐ shèng rén bào yī,

为天下式。
wéi tiān xià shì.

不自见,故明;
bù zì xiàn gù míng;

不自是,故彰;
bù zì shì, gù zhāng;

不自伐,故有功;
bù zì fá, gù yǒu gōng;

不自矜,故长;
bù zì jīn, gù cháng;

夫唯不争,
fú wéi bù zhēng,

故天下莫能与之争。
gù tiān xià mò néng yǔ zhī zhēng.

古之所谓:"曲则全者",
gǔ zhī suǒ wèi: "qū zé quán zhě",

岂虚言哉?
qǐ xū yán zāi?

诚全而归之。
chéng quán ér guī zhī.

O curvo se completa.
O retorcido se endireita.
O vazio se plenifica.
O velho se renova.
O escasso conduz à aquisição.
O excesso conduz à ilusão.

Por isso, o Sábio abraça a Unidade
e se torna o modelo do mundo.

Sem se ostentar, fulgura.
Sem se enaltecer, ilumina-se.
Sem se orgulhar, possui mérito.
Sem se vangloriar, perdura.

Assim, somente sem disputa,
ninguém disputará com ele.

A velha máxima: "O curvo se completa",
como poderia ser uma fala vazia?

Toda verdade reside no Retorno.

二十三
èr shí sān
23

希言自然。
xī yán zì rán.

故飘风不终朝，
gù piāo fēng bù zhōng zhāo,

骤雨不终日。
zhòu yǔ bù zhōng rì.

孰为此者？
shú wéi cǐ zhě?

天地。
tiān dì.

天地尚不能久，
tiān dì shàng bù néng jiǔ,

而况于人乎？
ér kuàng yú rén hū?

故从事于道者同于道；
gù cóng shì yú dào zhě tóng yú dào;

德者同于德。
dé zhě tóng yú dé.

失者同于失。
shī zhě tóng yú shī.

同于道者，道亦乐得之；
tóng yú dào zhě, dào yì lè dé zhī;

同于德者，德亦乐得之；
tóng yú dé zhě, dé yì lè dé zhī;

同于失者，失于乐得之。
tóng yú shī zhě, shī yì lè dé zhī.

信不足焉，有不信焉。
xìn bù zú yān, yǒu bù xìn yān.

É natural falar bem pouco.
Ventos tempestuosos não perduram toda a manhã.
Rajadas de chuva não perduram o dia inteiro.

Quem os provoca?
O Céu e a Terra.

Assim, se nem o Céu e a Terra permanecem,
quanto menos os seres humanos!

Portanto, quem age no Dao se une ao Dao.
Quem age na Virtude se une à Virtude.
Quem age na perdição se une à perdição.

Quem se une ao Dao será bem acolhido pelo Dao.
Quem se une à Virtude será bem acolhido pela Virtude.
Quem se une à perdição será bem acolhido pela perdição.

Assim, na falta de confiança, impera a desconfiança.

二十四
èr shí sì
24

企者不立。
qǐ zhě bù lì.

跨者不行。
kuà zhě bù xíng.

自见者不明。
zì xiàn zhě bù míng.

自是者不彰。
zì shì zhě bù zhāng.

自伐者无功。
zì fá zhě wú gōng.

自矜者不长。
zì jīn zhě bù cháng.

其在道也，曰：
qí zài dào yě, yuē:

余食赘形，物或恶之，
yú shí zhuì xíng, wù huò wù zhī,

故有道者不处。
gù yǒu dào zhě bù chǔ.

Quem se mantém na ponta dos pés não se sustenta.
Quem anda a passos largos não caminha.

Quem se ostenta não fulgura.
Quem se enaltece não se ilumina.

Quem se orgulha não possui mérito.
Quem se vangloria não perdura.

Em relação ao Dao, essa conduta
é como comida excessiva, supérflua e detestável.

Portanto, quem possui o Dao não se empenha nisso.

二十五
èr shí wǔ
25

有物混成，
yǒu wù hùn chéng,

先天地生。
xiān tiān dì shēng.

寂兮寥兮，
jì xī liáo xī,

独立不改，
dú lì ér bù gǎi,

周行而不殆，
zhōu xíng ér bù dài,

可以为天下母。
kě yǐ wéi tiān xià mǔ.

吾不知其名，
wú bù zhī qí míng,

强字之曰道。
qiáng zì zhī yuē dào.

强为之名曰大。
qiáng wéi zhī míng yuē dà.

大曰逝，
dà yuē shì,

逝曰远，
shì yuē yuǎn,

远曰反。
yuǎn yuē fǎn.

Antes de nascerem o Céu e a Terra,
há algo indefinível, completo,
silencioso, vazio,
solitário, permanente,
onipresente e indestrutível!

É como a mãe do mundo.
Como não sei seu nome,
invoco-o pela palavra "Dao".
Impelido a dar-lhe um nome,
invoco-o: grandioso!

Grandioso é transpassar.
Transpassar é ir ao longínquo.
Ir ao longínquo é retornar.

故道大，
gù dào dà,

天大，
tiān dà,

地大，
dì dà,

人亦大。
rén yì dà.

域中有四大，
yù zhōng yǒu sì dà,

而人居其一焉。
ér rén jū qí yī yān.

人法地，
rén fǎ dì,

地法天，
dì fǎ tiān,

天法道，
tiān fǎ dào,

道法自然。
dào fǎ zì rán.

Portanto, o Dao é grandioso,
o Céu é grandioso,
a Terra é grandiosa
e o homem também é grandioso.

Há quatro grandezas no universo
e o homem é uma delas.

O homem segue a Terra.
A Terra segue o Céu.
O Céu segue o Dao.
O Dao segue a sua própria natureza.

二十六
èr shí liù
26

重为轻根，
zhòng wéi qīng gēn,

静为躁君。
jìng wéi zào jūn.

是以圣人终日行，
shì yǐ shèng rén zhōng rì xíng,

不离辎重。
bù lí zī zhòng.

虽有荣观，
suī yǒu róng guān,

燕处超然。
yàn chǔ chāo rán.

奈何万乘之主，
nài hé wàn shèng zhī zhǔ,

而以身轻天下？
ér yǐ shēn qīng tiān xià?

轻则失根，
qīng zé shī gēn,

躁则失君。
zào zé shī jūn.

O peso é a raiz da leveza.
A serenidade é o senhor da inquietude.

Por isso, apesar de caminhar o dia inteiro,
o Sábio não se afasta do seu refúgio.

Embora tenha visões de magnificência,
ele permanece naturalmente sereno e distante.

Sendo o soberano das dez mil carruagens,
como poderá ser leviano com o mundo?

Sendo leviano, perderá sua raiz.
Sendo inquieto, perderá sua soberania.

二十七
èr shí qī
27

善行无辙迹。
shàn xíng wú zhé jì.

善言无瑕谪。
shàn yán wú xiá zhé.

善数不用筹策。
shàn shǔ bù yòng chóu cè.

善闭无关楗而不可开。
shàn bì wú guān jiàn ér bù kě kāi.

善结无绳约而不可解。
shàn jié wú shéng yuē ér bù kě jié.

是以圣人常善救人，故无弃人。
shì yǐ shèng rén cháng shàn jiù rén, gù wú qì rén.

常善救物，故无弃物。
cháng shàn jiù wù, gù wú qì wù.

是谓袭明。
shì wèi xí míng.

故善人者，不善人之师。
gù shàn rén zhě, bù shàn rén zhī shī.

不善人者，善人之资。
bù shàn rén zhě, shàn rén zhī zī.

不贵其师，不爱其资，
bù guì qí shī, bù ài qí zī,

虽智大迷，
suī zhì dà mí,

是谓要妙。
shì wèi yào miào.

Bom caminhar não deixa resquícios.
Boas palavras não trazem defeitos.
Bom cálculo não se serve de medidas.

Boa porta não precisa de fechadura
e, ainda assim, jamais será aberta.
Bons laços não precisam de cordas
e, ainda assim, jamais serão desatados.

Por isso, o Sábio é constante e bondoso.
Socorre as pessoas sem nunca abandoná-las.
Sempre é bom em resguardar as coisas sem rejeição.

Eis o que é seguir a Iluminação.

Portanto, o bondoso é mestre para os não bondosos.
O não bondoso é a potencialidade para o bondoso.
Se alguém não estima seu mestre ou não ama sua potencialidade,
mesmo sendo sagaz, estará na grande ilusão.

Eis o que é a essência do mistério.

二十八
èr shí bā
28

知其雄，
zhī qí xióng,

守其雌，
shǒu qí cí,

为天下溪。
wéi tiān xià xī.

为天下溪，
wéi tiān xià xī,

常德不离，
cháng dé bù lí,

复归于婴儿。
fù guī yú yīng ér.

知其白，
zhī qí bái,

守其黑，
shǒu qí hēi,

为天下式。
wéi tiān xià shì.

为天下式，
wéi tiān xià shì,

常德不忒，
cháng dé bù tè,

复归于无极。
fù guī yú wú jí.

Conhecer o masculino
e preservar o feminino:
eis o que é tornar-se o vale do mundo.

Tornar-se o vale do mundo,
sem se afastar da Constante Virtude:
eis o que é retornar ao estado de recém-nascido.

Conhecer a claridade
e preservar a obscuridade:
eis o que é tornar-se o modelo do mundo.

Tornar-se o modelo do mundo,
impecável, com a Constante Virtude:
eis o que é retornar ao Sublime Vazio.

知其荣，
zhī qí róng,

守其辱，
shǒu qí rǔ,

为天下谷。
wéi tiān xià gǔ.

为天下谷，
wéi tiān xià gǔ,

常德乃足，
cháng dé nǎi zú,

复归于朴。
fù guī yú pǔ.

朴散则为器，
pǔ sàn zé wéi qì,

圣人用之则为官长。
shèng rén yòng zhī zé wéi guān zhǎng.

故大制不割。
gù dà zhì bù gē.

Conhecer a glória
e preservar a humildade:
eis o que é tornar-se o vale do mundo.

Tornar-se o vale do mundo,
autossuficiente, com a Constante Virtude:
eis o que é retornar ao estado de simplicidade.

Portanto, a simplicidade é um instrumento
que o Sábio utiliza para se tornar regente,
pois assim não haverá discórdias na sua grandiosa regência.

二十九
èr shí jiǔ
29

将欲取天下而为之，
jiāng yù qǔ tiān xià ér wéi zhī,

吾见其不得已。
wú jiàn qí bù dé yǐ.

天下神器，
tiān xià shén qì,

不可为也。
bù kě wéi yě.

为者败之，
wéi zhě bài zhī,

执者失之。
zhí zhě shī zhī.

夫物或行或随，
fú wù huò xíng huò suí,

或嘘或吹，
huò xū huò chuī,

或强或羸，
huò qiáng huò léi,

或载或隳。
huò zài huò huī.

是以圣人去甚，
shì yǐ shèng rén qù shèn,

去奢，去泰。
qù shē, qù tài.

Desejar conquistar o mundo e nele intervir:
vejo que isso não se deve fazer.

O mundo é um vaso sagrado
e não deve ser manejado.

Quem nele intervém, fracassa.
Quem o retém, perde-o.

Portanto, as coisas ora conduzem, ora acompanham.
Ora se encrespam, ora se suavizam.
Ora se fortalecem, ora se enfraquecem.
Ora florescem, ora desfalecem.

Por isso, o Sábio evita desmedida,
extravagância e arrogância.

三十
sān shí
30

以道佐人主者，
yǐ dào zuǒ rén zhǔ zhě,

不以兵强天下。
bù yǐ bīng qiáng tiān xià.

其事好还。
qí shì hào huán.

师之所处，荆棘生焉。
shī zhī suǒ chǔ, jīng jí shēng yān.

大军之后，必有凶年。
dà jūn zhī hòu, bì yǒu xiōng nián.

善有果而已，
shàn yǒu guǒ ér yǐ,

不敢以取强。
bù gǎn yǐ qǔ qiáng.

果而勿矜。
guǒ ér wù jīn.

果而勿伐。
guǒ ér wù fá.

果而勿骄。
guǒ ér wù jiāo.

果而不得已。
guǒ ér bù dé yǐ.

果而勿强。
guǒ ér wù qiáng.

物壮则老，
wù zhuàng zé lǎo,

是谓不道，
shì wèi bù dào,

不道早已。
bù dào zǎo yǐ.

Quem auxilia o Senhor dos Homens através do Dao
não utiliza a força das armas diante do mundo,
porque esta ação provoca represálias.

Onde está acampado o exército, nascem espinhos.
Após imensas batalhas, irrompem os anos tenebrosos.

O Homem Bondoso alcança os frutos
e, sabendo cessar, não ousa conquistar com força.

Alcança os frutos sem orgulho.
Alcança os frutos sem vanglória.
Alcança os frutos sem arrogância.
Alcança os frutos por necessidade.
Alcança os frutos sem brutalidade.

No ápice da rigidez, as coisas definham.
Isso se diz: não seguir o Dao.
Quem não segue o Dao, em breve findará.

三十一
sān shí yī
31

夫佳兵者不祥之器，
fú jiā bīng zhě bù xiáng zhī qì,

物或恶之，
wù huò wù zhī,

故有道者不处。
gù yǒu dào zhě bù chǔ.

君子居则贵左，
jūn zǐ jū zé guì zuǒ,

用兵则贵右。
yòng bīng zé guì yòu.

兵者不祥之器，
bīng zhě bù xiáng zhī qì,

非君子之器，
fēi jūn zǐ zhī qì,

不得已而用之，
bù dé yǐ ér yòng zhī,

恬淡为上。
tián dàn wéi shàng.

胜而不美，
shèng ér bù měi,

而美之者，是乐杀人。
ér měi zhī zhě, shì lè shā rén.

夫乐杀人者，
fú lè shā rén zhě,

则不可得志于天下矣。
zé bù kě dé zhì yú tiān xià yǐ.

Armas belíssimas não são instrumentos propícios.
São coisas que todos detestam!
Quem possui o Dao não se empenha nelas.

Em sua casa, o Homem Nobre honra o lado esquerdo.
Mas, ao utilizar as armas, honra o lado direito.
Armas não são instrumentos propícios.
Não são instrumentos do Homem Nobre.

Sendo necessário utilizá-las,
ele age com quietude e sobriedade.
Vence sem encontrar o prazer na guerra.
Porém, caso venha a sentir o prazer
e a satisfação em matar as pessoas,
não alcançará seu propósito no mundo.

吉事尚左，
jí shì shàng zuǒ,

凶事尚右。
xiōng shì shàng yòu.

偏将军居左，
piān jiāng jūn jū zuǒ,

上将军居右。
shàng jiāng jūn jū yòu.

言以丧礼处之。
yán yǐ sāng lǐ chǔ zhī.

杀人之众，
shā rén zhī zhòng,

以悲哀泣之；
yǐ āi bēi qì zhī;

战胜以丧礼处之。
zhàn shèng yǐ sāng lǐ chǔ zhī.

Em situações propícias, honra-se o lado esquerdo.
E, em situações nefastas, honra-se o lado direito.
Assim como se cumpre nos ritos fúnebres,
o segundo general deve postar-se no lado esquerdo
e o primeiro general postar-se no lado direito.

Quem matou as pessoas deve lastimar
com dor e tristeza as inúmeras mortes.
Após a vitória da guerra, cumpre-se o rito fúnebre.

三十二
sān shí èr
32

道常无名。
dào cháng wú míng.

朴虽小，
pǔ suī xiǎo,

天下莫能臣也。
tiān xià mò néng chén yě.

侯王若能守之，
hóu wáng ruò néng shǒu zhī,

万物将自宾。
wàn wù jiāng zì bīn.

天地相合以降甘露，
tiān dì xiāng hé yǐ jiàng gān lù,

民莫之令而自均。
mín mò zhī lìng ér zì jūn.

始制有名，
shǐ zhì yǒu míng,

名亦既有，夫亦将知止，
míng yì jì yǒu, fú yì jiāng zhī zhǐ,

知止可以不殆。
zhī zhǐ kě yǐ bù dài.

譬道之在天下，
pì dào zhī zài tiān xià,

犹川谷之于江海。
yóu chuān gǔ zhī yú jiāng hǎi.

O Dao é a Constância Inominável.

Embora seja pequeno em sua simplicidade,
ninguém no mundo consegue subjugá-lo.

Se príncipes e reis pudessem resguardá-lo,
todos os seres por si mesmos se submeteriam.

Em núpcias, o Céu e a Terra escorrem suave orvalho
e, sem ser comandado, o povo se equilibra por si mesmo.

Principiando a ordem, surgem os nomes.
Existindo os nomes, é preciso saber cessar.
Sabendo cessar, nada estará em risco.

Como num símbolo, o Dao parece fluir
como riachos e vales rumo aos rios e mares.

三十三

sān shí sān

33

知人者智。
zhī rén zhě zhì.

自知者明。
zì zhī zhě míng.

胜人者有力。
shèng rén zhě yǒu lì.

自胜者强。
zì shèng zhě qiáng.

知足者富。
zhī zú zhě fù.

强行者有志。
qiáng xíng zhě yǒu zhì.

不失其所者久。
bù shī qí suǒ zhě jiǔ.

死而不亡者寿。
sǐ ér bù wáng zhě shòu.

Quem conhece os outros é inteligente.
Quem conhece a si mesmo é iluminado.

Quem vence os outros possui força.
Quem vence a si mesmo é potente.

Quem sabe ser autossuficiente é rico.
Quem age com força tem vontade.

Quem não perde sua morada permanece.
Quem morre sem fenecer se torna perene.

三十四
sān shí sì
34

大道泛兮，
dà dào fàn xī,

其可左右。
qí kě zuǒ yòu.

万物恃之以生而不辞，
wàn wù shì zhī ér shēng ér bù cí,

功成而不名有。
gōng chéng bù míng yǒu.

衣养万物而不为主，
yī yǎng wàn wù ér bù wéi zhǔ,

常无欲，可名于小。
cháng wú yù, kě míng yú xiǎo.

万物归焉。
wàn wù guī yān.

而不为主，
ér bù wéi zhǔ,

可名为大。
kě míng wéi dà.

以其终不自为大，
yǐ qí zhōng bù zì wéi dà,

故能成其大。
gù néng chéng qí dà.

O vasto e transbordante Dao
pode fluir à esquerda e à direita.

Toda vida depende dele sem ser rejeitada.
Ele realiza a obra sem se apoderar.
Veste e nutre todos os seres sem dominar.
É pequeno e constantemente sem desejos.

Todos a ele retornam.

É grandioso e nunca age como senhor.
Só por não se ver como grandioso,
pode realizar sua grandeza.

三十五
sān shí wǔ
35

执大象，天下往。
zhí dà xiàng, tiān xià wǎng.

往而不害，安平太。
wǎng ér bù hài, ān píng tài.

乐与饵，过客止。
yuè yǔ ěr, guò kè zhǐ.

道之出口淡乎其无味。
dào zhī chū kǒu dàn hū qí wú wèi.

视之不足见。
shì zhī bù zú jiàn.

听之不足闻。
tīng zhī bù zú wén.

用之不足既。
yòng zhī bù zú jì.

Conserve a Grande Imagem e o mundo fluirá.
Fluirá com imenso equilíbrio sem causar prejuízo.
Músicas e iguarias estancam o peregrino.

Aquilo que se origina do Dao é insípido.
Sendo olhado, ainda não será visto.
Sendo escutado, ainda não será ouvido.
Sendo utilizado, ainda não será esgotado.

三十六
sān shí liù
36

将欲歙之，必固张之。
jiāng yù xī zhī, bì gù zhāng zhī.

将欲弱之，必固强之。
jiāng yù ruò zhī, bì gù qiáng zhī.

将欲废之，必固兴之。
jiāng yù fèi zhī, bì gù xīng zhī.

将欲取之，必固与之。
jiāng yù qǔ zhī, bì gù yǔ zhī.

是谓微明。
shì wèi wēi míng.

柔弱胜刚强。
róu ruò shèng gāng qiáng.

鱼不可脱于渊。
yú bù kě tuō yú yuān.

国之利器不可以示人。
guó zhī lì qì bù kě yǐ shì rén.

Quando se deseja retrair, é preciso expandir.
Quando se deseja enfraquecer, é preciso fortalecer.
Quando se deseja rejeitar, é preciso enaltecer.
Quando se deseja retirar, é preciso ofertar.

Eis o que é a Iluminação Sutil.

Suavidade e brandura vencem força e rigidez.
Um peixe não deve sair das profundezas das águas.
Armas afiadas não devem ser exibidas aos homens.

三十七
sān shí qī
37

道常无为，
dào cháng wú wéi,

而无不为。
ér wú bù wéi.

侯王若能守之，
hóu wáng ruò néng shǒu zhī,

万物将自化。
wàn wù jiāng zì huà.

化而欲作，
huà ér yù zuò,

吾将镇之以无名之朴。
wú jiāng zhèn zhī yǐ wú míng zhī pǔ.

无名之朴，夫亦将无欲。
wú míng zhī pǔ, fú yì jiāng wú yù.

不欲以静，
bù yù yǐ jìng,

天下将自定。
tiān xià jiāng zì dìng.

O Dao é a Constante Não Ação,
porém nada deixa por fazer.

Se príncipes e reis pudessem resguardá-lo,
todos os seres por si mesmos se transformariam.

Se, na transformação, eles desejarem agir,
eu os pacificarei com a simplicidade inominável.

Na simplicidade inominável não há desejos.
Na serenidade desprovida de desejos,
o mundo por si mesmo se sustenta.

三十八
sān shí bā
38

上德不德，
shàng dé bù dé,

是以有德。
shì yǐ yǒu dé.

下德不失德，
xià dé bù shī dé,

是以无德。
shì yǐ wú dé.

上德无为，
shàng dé wú wéi,

而无以为。
ér wú yǐ wéi.

下德为之，
xià dé wéi zhī,

而有以为。
ér yǒu yǐ wéi.

上仁为之，
shàng rén wéi zhī,

而无以为。
ér wú yǐ wéi.

上义为之，
shàng yì wéi zhī,

而有以为。
ér yǒu yǐ wéi.

上礼为之而莫之以应，
shàng lǐ wéi zhī ér mò zhī yīng,

则攘臂而扔之。
zé rǎng bì ér rēng zhī.

德

A Suprema Virtude não exibe virtude
e, por isso, possui virtude.
A ínfima virtude não se desapega da virtude
e, por isso, carece de virtude.

A Suprema Virtude é Não Ação,
porém age sem possuir outros fins.
A ínfima virtude age,
mas possui outros fins na ação.

A Suprema Benevolência age,
mas não com vistas a outros fins.

A Suprema Retidão age,
mas possui outros fins na ação.

O Supremo Rito age,
mas possui outros fins na ação.
Como ninguém lhe corresponde,
arregaça as mangas e constrange.

故失道而后德。
gù shī dào ér hòu dé.

失德而后仁。
shī dé ér hòu rén.

失仁而后义。
shī rén ér hòu yì.

失义而后礼。
shī rén ér hòu lǐ.

夫礼者，忠信之薄，
fú lǐ zhě, zhōng xìn zhī bó,

而乱之首。
ér luàn zhī shǒu.

前识者，道之华，
qián shí zhě, dào zhī huá,

而愚之始。
ér yú zhī shǐ.

是以大丈夫，
shì yǐ dà zhàng fū,

处其厚，不居其薄。
chǔ qí hòu, bù jū qí bó.

处其实，不居其华。
chǔ qí shí, bù jū qí huá.

故去彼取此。
gù qù bǐ qǔ cǐ.

Por isso, perdendo-se o Dao, surge a Virtude.
Perdendo-se a Virtude, surge a Benevolência.
Perdendo-se a Benevolência, surge a Retidão.
Perdendo-se a Retidão, surge o Rito.

Assim, o Rito, dissolvendo a lealdade
e a confiança, é o início da desordem.
O saber imaturo, sendo mera flor do Dao,
é o início da estupidez.

Por isso, o Grande Homem se alicerça
no que é denso e não no dissolvido.
Habita no fruto e não na flor.
Portanto, afasta aquilo e alcança isto.

三十九
sān shí jiǔ
39

昔之得一者。
xī zhī dé yī zhě.

天得一以清。
tiān dé yī yǐ qīng.

地得一以宁。
dì dé yī yǐ níng.

神得一以灵。
shén dé yī yǐ líng.

谷得一以盈。
gǔ dé yī yǐ yíng.

万物得一以生。
wàn wù dé yī yǐ shēng.

侯王得一以为天下贞。
hóu wáng dé yī yǐ wéi tiān xià zhēn.

其致之。
qí zhì zhī.

天无以清，将恐裂。
tiān wú yǐ qīng, jiāng kǒng liè.

地无以宁，将恐废。
dì wú yǐ níng jiāng kǒng fèi.

神无以灵，将恐歇。
shén wú yǐ líng jiāng kǒng xiē.

谷无以盈，将恐竭。
gǔ wú yǐ yíng jiāng kǒng jié.

万物无以生，将恐灭。
wàn wù wú yǐ shēng, jiāng kǒng miè.

侯王无以贞，将恐蹶。
hóu wáng wú yǐ zhēn, jiāng kǒng jué.

Desde os primórdios alcança-se a Unidade.

O Céu, alcançando a Unidade, torna-se puro.
A Terra, alcançando a Unidade, torna-se silenciosa.
Os espíritos, alcançando a Unidade, tornam-se vivos.
Os vales, alcançando a Unidade, tornam-se completos.
Todos os seres, alcançando a Unidade, tornam-se viventes.
Os príncipes e reis, alcançando a Unidade, tornam-se leais ao mundo.

Eis o que sucede:

Se o Céu não se tornar puro, poderá se desintegrar.
Se a Terra não se tornar silenciosa, poderá se desmoronar.
Se os espíritos não se tornarem vivos, poderão se estancar.
Se os vales não se tornarem completos, poderão se dissipar.
Se todos os seres não se tornarem viventes, poderão se aniquilar.
Se os príncipes e reis não se tornarem leais, poderão ser destronados.

故贵以贱为本,
gù guì yǐ jiàn wéi běn,

高以下为基。
gāo yǐ xià wéi jī.

是以侯王自谓孤, 寡, 不谷。
shì yǐ hóu wáng zì wèi gū, guǎ, bù gǔ.

此非以贱为本邪? 非乎?
cǐ fēi yǐ jiàn wéi běn yé? fēi hū?

故致誉无誉。
gù zhì yù wú yù.

不欲琭琭如玉, 珞珞如石。
bù yù lù lù rú yù, luò luò rú shí.

Assim, o Homem Nobre se enraíza na humildade,

tanto como o alto se enraíza no baixo.

Os príncipes e reis se consideram solitários, desamparados e desvirtuosos.

Isso não seria considerar a humildade como princípio?

Portanto, alcançando a glória, o Homem Nobre jamais se glorifica.

Nunca deseja reluzir como jade, mas ser rústico como pedra.

四十
sì shí
40

反者道之动。
fǎn zhě dào zhī dòng.

弱者道之用。
ruò zhě dào zhī yòng.

天下万物生于有。
tiān xià wàn wù shēng yú yǒu.

有生于无。
yǒu shēng yú wú.

O retorno é o movimento do Dao.
A suavidade é a sua eficácia.

Todos os seres emergem da Existência.
A Existência nasce do Vazio.

四十一
sì shí yī
41

上士闻道，
shàng shì wén dào,

勤而行之。
qín ér xíng zhī.

中士闻道，
zhōng shì wén dào,

若存若亡。
ruò cún ruò wáng.

下士闻道，
xià shì wén dào,

大笑之。
dà xiào zhī.

不笑，不足以为道！
bù xiào, bù zú yǐ wéi dào!

Ouvindo sobre o Dao,
os homens superiores o praticam com perseverança.

Ouvindo sobre o Dao,
os homens medianos ora o conservam, ora o perdem.

Ouvindo sobre o Dao,
os homens inferiores gracejam com risadas de escárnio.
Se não fossem tais risadas, o Dao nem seria considerado!

故建言有之：
gù jiàn yán yǒu zhī:

明道若昧；
míng dào ruò mèi;

进道若退；
jìn dào ruò tuì;

夷道若类；
yí dào ruò lèi;

上德若谷；
shàng dé ruò gǔ;

大白若辱；
dà bái ruò rǔ;

广德若不足；
guǎng dé ruò bù zú;

建德若偷；
jiàn dé ruò tōu;

质真若渝；
zhì zhēn ruò yú;

大方无隅；
dà fāng wú yú;

大器晚成；
dà qì wǎn chéng;

大音希声；
dà yīn xī shēng;

大象无形；
dà xiàng wú xíng;

道隐无名，
dào yǐn wú míng,

夫唯道善贷且成。
fú wéi dào shàn dài qiě chéng.

Por isso, os antigos dizem:
o caminho iluminado parece escuro;
o caminho que avança parece recuar;
o caminho plano parece escarpado;
a suprema virtude parece um vale;
a sublime pureza parece desprestígio;
a ampla virtude parece escassa;
a inabalável virtude parece furtiva;
a verdadeira natureza parece inconstante;
o grande quadrado não possui ângulos;
a grande obra é realizada com demora;
a grande música é quase insonora;
a grande imagem não possui forma.

Assim, o Dao oculto e inominável
é excelente em ofertar e realizar.

四十二
sì shí èr
42

道生一。
dào shēng yī.

一生二。
yī shēng èr.

二生三。
èr shēng sān.

三生万物。
sān shēng wàn wù.

万物负阴而抱阳，
wàn wù fù yīn ér bào yáng,

冲气以为和。
chōng qì yǐ wéi hé.

人之所恶，
rén zhī suǒ wù,

唯孤，寡，不谷。
wéi gū, guǎ, bù gǔ.

而王公以为称。
ér wáng gōng yǐ wéi chēng.

故物或损之而益，
gù wù huò sǔn zhī ér yì,

或益之而损。
huò yì zhī ér sǔn.

人之所教，我亦教之：
rén zhī suǒ jiào, wǒ yì jiào zhī:

“强梁者不得其死”。
“qiáng liáng zhě bù dé qí sǐ”.

吾将以为教父。
wú jiāng yǐ wéi jiào fù.

O Dao gera a Unidade.
A Unidade gera o Par.
O Par gera a Tríade.
A Tríade gera todos os seres.

Todos os seres carregam o *yin*
e abraçam o *yang* em harmonia com o Sopro Vazio.

As pessoas odeiam ser solitárias,
desamparadas e desvirtuosas.
Porém, os reis e príncipes assim se consideram.

Portanto, nas coisas,
tanto se perde ao ganhar, como se ganha ao perder.

Eu também ensino o que os antigos ensinam:
"Os violentos não morrem de morte natural."
Eis por que reconheço o pai do ensinamento.

四十三
sì shí sān
43

天下之至柔，
tiān xià zhī zhì róu,

驰骋天下之至坚。
chí chěng tiān xià zhī zhì jiān.

无有入无间，
wú yǒu rù wú jiān,

吾是以知无为之有益。
wú shì yǐ zhī wú wéi zhī yǒu yì.

不言之教，
bù yán zhī jiào,

无为之益，
wú wéi zhī yì,

天下希及之。
tiān xià xī jí zhī.

O mais suave sob o céu
cavalga sobre o mais sólido.

O mais sutil penetra no Vazio.

Por isso, conheço a eficácia da Não Ação.

Ensinar sem falar.
Beneficiar sem agir.

Eis o que poucos alcançam no mundo.

四十四
sì shí sì
44

名与身孰亲?
míng yǔ shēn shú qīn?

身与货孰多?
shēn yǔ huò shú duō?

得与亡孰病?
dé yǔ wáng shú bìng?

是故甚爱必大费。
shì gù shèn ài bì dà fèi.

多藏必厚亡。
duō cáng bì hòu wáng.

知足不辱。
zhī zú bù rǔ.

知止不殆。
zhī zhǐ bù dài.

可以长久。
kě yǐ cháng jiǔ.

A fama ou a vida: o que é mais íntimo?
A vida ou as posses: o que é mais valioso?
O ganho ou a perda: o que é mais doloroso?

O apego excessivo conduz ao grande desperdício.
O acúmulo descomedido conduz à grave perda.

Quem sabe ser autossuficiente não se humilha.
Quem sabe ser comedido não corre o risco.

Eis por que se pode viver com perenidade.

四十五
sì shí wǔ
45

大成若缺，
dà chéng ruò quē,

其用不敝。
qí yòng bù bì.

大盈若冲，
dà yíng ruò chōng,

其用不穷。
qí yòng bù qióng.

大直若屈。
dà zhí ruò qū.

大巧若拙。
dà qiǎo ruò zhuō.

大辩若讷。
dà biàn ruò nè.

躁胜寒，
zào shèng hán,

静胜热。
jìng shèng rè.

清静为天下正。
qīng jìng wéi tiān xià zhèng.

A suprema realização parece imperfeita,
mas a sua eficácia não se deteriora.

A suprema completude parece vazia,
mas a sua eficácia não se esgota.

A suprema integridade parece tortuosa.
A suprema destreza parece inabilidosa.
A suprema eloquência parece vagarosa.

A agitação vence o frio.
A serenidade vence o quente.
A pureza e a serenidade são a ordem do mundo.

四十六
sì shí liù
46

天下有道，
tiān xià yǒu dào,

却走马以粪。
què zǒu mǎ yǐ fèn.

天下无道，
tiān xià wú dào,

戎马生于郊。
róng mǎ shēng yú jiāo.

祸莫大于不知足。
huò mò dà yú bù zhī zú.

咎莫大于欲得。
jiù mò dà yú yù dé.

故知足之足，
gù zhī zú zhī zú,

常足矣。
cháng zú yǐ.

Quando existe o Dao no mundo,
os cavalos são conduzidos para adubar o campo.

Quando não existe o Dao no mundo,
os cavalos são criados para guerrear na fronteira.

A grande infelicidade é não saber ser autossuficiente.
Não há maior erro do que desejar possuir.

Portanto, quem sabe ser autossuficiente
estará sempre satisfeito.

四十七
sì shí qī
47

不出户，
bù chū hù,

知天下。
zhī tiān xià.

不窥牖，
bù kuī yǒu,

见天道。
jiàn tiān dào.

其出弥远，
qí chū mí yuǎn,

其知弥少。
qí zhī mí shǎo.

是以圣人，
shì yǐ shèng rén,

不行而知，
bù xíng ér zhī,

不见而名，
bù jiàn ér míng,

不為而成。
bù wéi ér chéng.

Conheça o mundo
sem sair de casa.

Contemple o Dao do Céu
sem olhar pela janela.

Quanto mais distante se avança,
tanto menos se conhece.

Por isso, o Sábio
conhece sem caminhar,
discerne sem ver,
realiza sem agir.

四十八
sì shí bā
48

为学日益。
wéi xué rì yì.

为道日损。
wéi dào rì sǔn.

损之又损，以至于无为。
sǔn zhī yòu sǔn, yǐ zhì yú wú wéi.

无为而无不为。
wéi wú wéi ér wú bù wéi.

取天下常以无事，
qǔ tiān xià cháng yǐ wú shì,

及其有事，不足以取天下。
jí qí yǒu shì, bù zú yǐ qǔ tiān xià.

Agir no estudo é crescer a cada dia.
Agir no Dao é decrescer a cada dia.

Decrescer e decrescer até alcançar a Não Ação.
Através da Não Ação, tudo se realiza.

Conquista-se o mundo sem transtorno.
Com transtorno, não se conquista o mundo.

四十九
sì shí jiǔ
49

圣人无常心。
shèng rén wú cháng xīn.

以百姓心为心。
yǐ bǎi xìng xīn wéi xīn.

善者吾善之，
shàn zhě wú shàn zhī,

不善者吾亦善之。
bù shàn zhě wú yì shàn zhī.

德善。
dé shàn.

信者吾信之。
xìn zhě wú xìn zhī.

不信者吾亦信之。
bù xìn zhě wú yì xìn zhī.

德信。
dé xìn.

圣人在天下歙歙，
shèng rén zài tiān xià xī xī,

为天下浑其心。
wéi tiān xià hún qí xīn.

百姓皆注其耳目，
bǎi xìng jiē zhù qí ěr mù,

圣人皆孩之。
shèng rén jiē hái zhī.

O Sábio não tem coração vulgar.
Seu coração é o coração de todos.

Sou bondoso com o bondoso
e também com o não bondoso.
Assim é a virtude da bondade.

Confio nos confiáveis
e também nos não confiáveis.
Assim é a virtude da confiança.

O Sábio age no mundo com moderação
e concilia todos os corações.

Com olhos e ouvidos,
todas as pessoas atentamente o observam,
enquanto ele as considera como suas crianças.

五十
wǔ shí
50

出生入死。
chū shēng rù sǐ.

生之徒，十有三。
shēng zhī tú, shí yǒu sān.

死之徒，十有三。
sǐ zhī tú, shí yǒu sān.

人之生，动之于死地，亦十有三。
rén zhī shēng, dòng zhī yú sǐ dì, yì shí yǒu sān.

夫何故？
fú hé gù?

以其生生之厚。
yǐ qí shēng shēng zhī hòu.

盖闻善摄生者，
gài wén shàn shè shēng zhě,

陆行不遇兕虎，
lù xíng bù yù sì hǔ,

入军不被甲兵。
rù jūn bù bèi jiǎ bīng.

兕无所投其角。
sì wú suǒ tóu qí jiǎo.

虎无所措其爪。
hǔ wú suǒ cuò qí zhǎo.

兵无所容其刃。
bīng wú suǒ róng qí rèn.

夫何故？
fú hé gù?

以其无死地。
yǐ qí wú sǐ dì.

Do nascimento até a morte,
três entre dez são os caminhantes da vida;
três entre dez são os caminhantes da morte;
três entre dez são os que avançam para a terra da morte.

Por qual razão?

Eles vivem excessivamente a vida.

Dizem que o único que cultiva bem a vida
caminha sem se defrontar com tigres e rinocerontes,
ingressa na luta sem sofrer com armas e couraças.

O rinoceronte não tem onde enterrar seu chifre.
O tigre não tem onde encravar suas garras.
As armas não têm onde enfiar suas lâminas.

Por qual razão?

Nesse homem não há a terra da morte.

五十一
wǔ shí yī
51

道生之，德畜之，
dào shēng zhī, dé xù zhī,

物形之，势成之。
wù xíng zhī, shì chéng zhī.

是以万物莫不尊道而贵德。
shì yǐ wàn wù mò bù zūn dào ér guì dé.

道之尊，德之贵，
dào zhī zūn, dé zhī guì,

夫莫之命而常自然。
fú mò zhī mìng ér cháng zì rán.

故道生之，德畜之，
gù dào shēng zhī, dé xù zhī,

长之育之，
zhǎng zhī yù zhī,

亭之毒之，
tíng zhī dú zhī,

养之覆之。
yǎng zhī fù zhī.

生而不有，
shēng ér bù yǒu,

为而不恃，
wéi ér bù shì,

长而不宰，
zhǎng ér bù zǎi,

是谓玄德。
shì wèi xuán dé.

O Dao gera, a Virtude cultiva,
a matéria forma e as condições realizam.

Todos respeitam o Dao e estimam a Virtude.
O Dao é respeitável e a Virtude é estimada
por não intervirem na Constância Natural.

Por isso, o Dao gera, a Virtude cultiva
e ambos concedem crescimento e nutrição,
desenvolvimento e maturação,
sustento e proteção.

Assim, gerar sem se apoderar,
agir sem depender,
cultivar sem dominar,
eis o que é a Virtude Misteriosa.

五十二
wǔ shí èr
52

天下有始，以为天下母。
tiān xià yǒu shǐ, yǐ wéi tiān xià mǔ.

既得其母，以知其子。
jì dé qí mǔ, yǐ zhī qí zǐ.

既知其子，复守其母，
jì zhī qí zǐ, fù shǒu qí mǔ,

没身不殆。
mò shēn bù dài.

塞其兑，闭其门，
sè qí duì, bì qí mén,

终身不勤。
zhōng shēn bù qín.

开其兑，济其事，
kāi qí duì, jì qí shì,

终身不救。
zhōng shēn bù jiù.

见其小曰明，
jiàn qí xiǎo yuē míng,

守柔曰强。
shǒu róu yuē qiáng.

用其光，复归其明，
yòng qí guāng, fù guī qí míng,

无遗身殃。
wú yí shēn yāng.

是为习常。
shì wéi xí cháng.

Há um princípio agindo como mãe do mundo.
Quando se conhece a mãe, conhecem-se os filhos.
Quando se conhecem os filhos, retorna-se para preservar a mãe.

Assim, ao se desvanecer o corpo, não haverá risco.

Cerrando suas entradas, fechando suas portas,
ao se desvanecer o corpo, não haverá como se afligir.

Abrindo suas entradas, dilatando seus transtornos,
ao se desvanecer o corpo, não haverá como se socorrer.

Quem contempla o pequeno se ilumina.
Quem conserva o suave se fortalece.

Usufruindo da luz, retornando à Iluminação,
não haverá perda e dano ao corpo.

Isso é seguir a Constância.

五十三
wŭ shí sān
53

使我介然有知，
shǐ wǒ jiè rán yǒu zhī,

行于大道，
xíng yú dà dào,

唯施是畏。
wéi shī shì wèi.

大道甚夷，
dà dào shèn yí,

而人好径：
ér rén hào jìng:

朝甚除，
zhāo shèn chú,

田甚芜，
tián shèn wú,

仓甚虚；
cāng shèn xū;

服文彩，
fú wén cǎi,

带利剑，
dài lì jiàn,

厌饮食，
yàn yǐn shí,

财货有余。
cái huò yǒu yú.

是谓盗夸，
shì wèi dào kuā,

非道也哉！
fēi dào yě zāi!

Se eu tivesse conhecimento verdadeiro
e seguisse em acordo com o Supremo Dao,
ainda assim temeria o extravio.

O Supremo Dao é suave e plano,
mas os homens gostam de desvios:
excedem-se na construção dos palácios,
enquanto os campos ficam desolados
e os celeiros permanecem vazios;
vestem-se com trajes refinados,
carregam espadas afiadas,
enfastiam-se com bebidas e comidas
e ainda se apropriam de bens supérfluos.

Eis o que se chama a grande rapina,
a própria negação do Dao!

五十四
wǔ shí sì
54

善建者不拔。
shàn jiàn zhě bù bá.

善抱者不脱。
shàn bào zhě bù tuō.

子孙以祭祀不辍。
zǐ sūn yǐ jì sì bù chuò.

修之于身，其德乃真。
xiū zhī yú shēn, qí dé nǎi zhēn.

修之于家，其德乃余。
xiū zhī yú jiā, qí dé nǎi yú.

修之于乡，其德乃长。
xiū zhī yú xiāng, qí dé nǎi cháng.

修之于邦，其德乃丰。
xiū zhī yú bāng, qí dé nǎi fēng.

修之于天下，其德乃普。
xiū zhī yú tiān xià, qí dé nǎi pǔ.

故以身观身，
gù yǐ shēn guān shēn,

以家观家，
yǐ jiā guān jiā,

以乡观乡，
yǐ xiāng guān xiāng,

以邦观邦，
yǐ bāng guān bāng,

以天下观天下。
yǐ tiān xià guān tiān xià.

吾何以知天下然哉？以此。
wú hé yǐ zhī tiān xià rán zāi? yǐ cǐ.

Quem planta o bem não se desenraíza.
Quem abraça o bem não se extravia.

Assim, os filhos e netos não deixarão de cultuar os ancestrais.

Cultivando-se a si mesmo, sua Virtude será verdadeira.
Cultivando a família, sua Virtude será fecunda.
Cultivando a comunidade, sua Virtude será duradoura.
Cultivando o reino, sua Virtude será venturosa.
Cultivando o mundo, sua Virtude será universal.

Portanto, contemple os outros por meio de si mesmo,
contemple as outras famílias por meio da sua família,
contemple as outras comunidades por meio da sua comunidade,
contemple os outros reinos por meio do seu reino,
contemple os outros mundos por meio do seu mundo.

Como eu conheço o mundo? Por meio dessa prática.

五十五
wŭ shí wŭ
55

含德之厚
hán dé zhī hòu

比於赤子。
bĭ yú chì zĭ.

毒蟲不螫，
dú chóng bù shì,

猛兽不据，
mĕng shòu bù jù,

攫鸟不搏。
jué niăo bù bó.

骨弱筋柔而握固。
gŭ ruò jīn róu ér wò gù.

未知牝牡之合而朘作，
wèi zhī pìn mŭ zhī hé ér zuī zuò,

精之至也。
jīng zhī zhì yĕ.

終日号而不嗄，
zhōng rì háo ér bù shà,

和之至也。
hé zhī zhì yĕ.

知和曰常。
zhī hé yuē cháng.

知常曰明。
zhī cháng yuē míng.

益生曰祥。
yì shēng yuē xiáng.

心使气曰強。
xīn shĭ qì yuē qiáng.

物状则老。
wù zhuàng zé lăo.

谓之不道，
wèi zhī bù dào,

不道早已。
bù dào zăo yĭ.

Quem se plenifica de Virtude
assemelha-se ao recém-nascido.

Insetos venenosos não o aguilhoam.
Animais ferozes não o apanham.
Aves de rapina não o atacam.

Com ossos frágeis e tendões flexíveis,
ele agarra com firmeza.

Desconhecendo a cópula de macho e fêmea,
seu falo se ergue como a plenitude da essência.

Grita o dia inteiro e não fica rouco:
é a própria plenitude da harmonia.

Assim, conhecer a harmonia é Constância.
Conhecer a Constância é Iluminação.

Fortificar a vida é infelicidade.
A intenção que intervém no Sopro Vital é dureza.

No ápice da rigidez, as coisas definham.
Isso se diz: não seguir o Dao.
Quem não segue o Dao, em breve findará.

五十六
wǔ shí liù
56

知者不言。
zhī zhě bù yán.

言者不知。
yán zhě bù zhī.

塞其兑，闭其门，
sè qí duì, bì qí mén,

挫其锐，解其纷，
cuò qí ruì, jiě qí fēn,

和其光，同其尘，
hé qí guāng, tóng qí chén,

是谓玄同。
shì wèi xuán tóng.

故不可得而亲，
gù bù kě dé ér qīn,

不可得而疏；
bù kě dé ér shū;

不可得而利，
bù kě dé ér lì,

不可得而害；
bù kě dé ér hài;

不可得而贵，
bù kě dé ér guì,

不可得而贱。
bù kě dé ér jiàn.

故为天下贵。
gù wéi tiān xià guì.

Quem conhece não fala.
Quem fala não conhece.

Cerrar as entradas, fechar as portas,
abrandar o afiado, desenlaçar os nós,
unir-se com a luz, fundir-se com o pó,
eis o que é a Comunhão Misteriosa.

Por isso, esta não pode ser alcançada
com intimidade ou afastamento;
não pode ser alcançada com ganho ou prejuízo;
não pode ser alcançada com nobreza ou infâmia.

Eis a razão de ser a mais nobre do mundo.

五十七
wǔ shí qī
57

以正治国，
yǐ zhèng zhì guó,

以奇用兵，
yǐ qí yòng bīng,

以无事取天下。
yǐ wú shì qǔ tiān xià.

吾何以知其然哉？以此：
wú hé yǐ zhī qí rán zāi? yǐ cǐ:

天下多忌讳，
tiān xià duō jì huì,

而民弥贫。
ér mín mí pín.

民多利器，
mín duō lì qì,

国家滋昏。
guó jiā zī hūn.

人多伎巧，
rén duō jì qiǎo,

奇物滋起。
qí wù zī qǐ.

法令滋彰，
fǎ lìng zī zhāng,

盗贼多有。
dào zéi duō yǒu.

故圣人云：
gù shèng rén yún:

“我无为而民自化。
“wǒ wú wéi ér mín zì huà.

我好静而民自正。
wǒ hào jìng ér mín zì zhèng.

我无事而民自富。
wǒ wú shì ér mín zì fù.

我无欲而民自朴”。
wǒ wú yù ér mín zì pǔ”.

Com regularidade governa-se o reino.
Com irregularidade utilizam-se as armas.
Sem transtornos conquista-se o mundo.

Como sei que é assim? Por causa disso:

Quanto mais interdições no mundo,
mais pobre será o povo.

Quanto mais armas afiadas,
mais a desordem crescerá nas famílias e nos reinos.

Quanto mais artifícios engenhosos,
mais haverá irregularidades.

Quanto mais leis e decretos estabelecidos,
mais haverá criminosos.

Portanto, o Sábio diz:

"Eu não agindo, o povo por si mesmo se transforma.
Eu me silenciando, o povo por si mesmo se retifica.
Eu sem transtornos, o povo por si mesmo se enriquece.
Eu sem desejos, o povo por si mesmo se simplifica."

五十八
wǔ shí bā
58

其政闷闷，其民淳淳。
qí zhèng mèn mèn, qí mín chún chún.

其政察察，其民缺缺。
qí zhèng chá chá, qí mín quē quē.

祸兮，福之所倚！
huò xī, fú zhī suǒ yǐ!

福兮，祸之所伏！
fú xī, huò zhī suǒ fú!

孰知其极？其无正。
shú zhī qí jí? qí wú zhèng.

正复为奇，
zhèng fù wéi qí,

善复为妖。
shàn fù wéi yāo.

人之迷，其日固久。
rén zhī mí, qí rì gù jiǔ.

是以圣人方而不割，
shì yǐ shèng rén fāng ér bù gē,

廉而不刿，
lián ér bù guì,

直而不肆，
zhí ér bù sì,

光而不耀。
guāng ér bù yào.

Se o governo é generoso, o povo é sincero.
Se o governo é rigoroso, o povo é artificioso.

Ó infelicidade onde se escora a felicidade!
Ó felicidade onde se esconde a infelicidade!

Quem conhece esses indefinidos limites?

O regular se torna irregular.
O bem se torna mal.
A ilusão humana persiste há muito tempo.

Por isso, o Sábio é íntegro e não fere,
é honesto e não injuria,
é sincero e não excede,
é radiante e não ofusca.

五十九
wǔ shí jiǔ
59

治人事天，
zhì rén shì tiān,

莫若啬。
mò ruò sè.

夫唯啬，是谓早服。
fú wéi sè, shì wèi zǎo fú.

早服谓之重积德。
zǎo fú wèi zhī zhòng jī dé.

重积德，
zhòng jī dé,

则无不克。
zé wú bù kè.

无不克则，
wú bù kè zé,

莫知其极。
mò zhī qí jí.

莫知其极，
mò zhī qí jí,

可以有国。
kě yǐ yǒu guó.

有国之母，可以长久。
yǒu guó zhī mǔ, kě yǐ cháng jiǔ.

是谓深根固柢：
shì wèi shēn gēn gù dǐ:

长生久视之道。
cháng shēng jiǔ shì zhī dào.

Para governar as pessoas e servir ao Céu,
não há nada como a moderação.

Somente com a moderação age-se em concordância.
Agir em concordância é acumular a Virtude.

Estimando o acúmulo da Virtude,
não há nada que não se possa conquistar.

Se tudo é conquistado,
então não haverá limitações.

Não se conhecendo limitações,
então se pode adquirir o reino.

Com a mãe do reino, é possível perdurar.
Isso se diz a raiz profundamente plantada:
o Dao da Vida Perene e da Visão Duradoura.

六十
liù shí
60

治大国，
zhì dà guó,

若烹小鲜。
ruò pēng xiǎo xiān.

以道莅天下，
yǐ dào lì tiān xià,

其鬼不神。
qí guǐ bù shén.

非其鬼不神，
fēi qí guǐ bù shén,

其神不伤人。
qí shén bù shāng rén.

非其神不伤人，
fēi qí shén bù shāng rén,

圣人亦不伤人。
shèng rén yì bù shāng rén.

夫两不相伤，
fú liǎng bù xiāng shāng,

故德交归焉。
gù dé jiāo guī yān.

Governar um grande reino
é como cozinhar um pequeno peixe.

Com a presença do Dao,
os demônios não assombram.

Não somente os demônios não assombram,
como também os espíritos não prejudicam as pessoas.

Não somente os espíritos não prejudicam as pessoas,
como também o Sábio não prejudica as pessoas.

Assim, somente não ocorrendo prejuízo mútuo,
todas as virtudes se confluem e retornam ao Dao.

六十一
liù shí yī
61

大国者下流，
dà guó zhě xià liú,

天下之交。
tiān xià zhī jiāo.

天下之牝。
tiān xià zhī pìn.

牝常以静胜牡，
pìn cháng yǐ jìng shèng mǔ,

以静为下。
yǐ jìng wéi xià.

故大国以下小国，
gù dà guó yǐ xià xiǎo guó,

则取小国。
zé qǔ xiǎo guó.

小国以下大国，
xiǎo guó yǐ xià dà guó,

则取大国。
zé qǔ dà guó.

故或下以取，或下而取。
gù huò xià yǐ qǔ, huò xià ér qǔ.

大国不过欲兼畜人。
dà guó bù guò yù jiān xù rén.

小国不过欲入事人。
xiǎo guó bù guò yù rù shì rén.

夫两者各得所欲，大者宜为下。
fú liǎng zhě gè dé suǒ yù, dà zhě yí wéi xià.

O grande reino é um rio em declive
fluindo rumo à confluência dos rios.

É a conjunção do mundo:
o feminino do mundo.

Com serenidade, a fêmea vence o macho,
porque a serenidade age por baixo.

Por isso, o grande reino,
estando abaixo do pequeno reino,
conquista o pequeno reino.

O pequeno reino,
estando abaixo do grande reino,
conquista o grande reino.

Portanto, alguns vão e ficam abaixo para conquistar,
outros estão abaixo e conquistam.

O grande reino só deseja unir e nutrir as pessoas.
O pequeno reino só deseja auxiliar as pessoas.

Se ambos alcançarem conforme os seus desejos,
será apropriado que o grande reino permaneça abaixo.

六十二
liù shí èr
62

道者万物之奥。
dào zhě wàn wù zhī ào.

善人之宝,
shàn rén zhī bǎo,

不善人之所保。
bù shàn rén zhī suǒ bǎo.

美言可以市尊。
měi yán kě yǐ shì zūn.

美行可以加人。
xíng kě yǐ jiā rén.

人之不善,何弃之有?
rén zhī bù shàn, hé qì zhī yǒu?

故立天子,
gù lì tiān zǐ,

置三公,
zhì sān gōng,

虽有拱壁以先驷马,
suī yǒu gǒng bì yǐ xiān sì mǎ,

不如坐进此道。
bù rú zuò jìn cǐ dào.

古之所以贵此道者何?
gǔ zhī suǒ yǐ guì cǐ dào zhě hé?

不曰:求以得,
bù yuē: yǐ qiú dé,

有罪以免邪?
yǒu zuì yǐ miǎn yé?

故为天下贵。
gù wéi tiān xià guì.

O Dao é o mistério de todos os seres.
Tesouro do Homem Bondoso.
Refúgio dos não bondosos.

Belas palavras conquistam respeito.
Nobres ações dignificam a pessoa.

Por que os não bondosos rejeitariam o Dao?

Mesmo que o Filho do Céu esteja no trono,
comandando os três duques e carregando
o disco de jade na carruagem de quatro cavalos,
nada se compara a ajoelhar-se e oferecer o Dao.

Por que desde os primórdios se estima esse Dao?
Não dizem que se alguém o busca pode encontrá-lo
e, ao cometer os erros, será capaz de evitá-los?

Eis por que o Dao é a nobreza do mundo.

六十三

liù shí sān

63

为无为，
wéi wú wéi,

事无事，
shì wú shì,

味无味。
wèi wú wèi.

大小多少，
dà xiǎo duō shǎo,

报怨以德。
bào yuàn yǐ dé.

图难于其易，
tú nán yú qí yì,

为大于其细。
wéi dà yú qí xì.

天下难事必作于易。
tiān xià nán shì bì zuò yú yì.

天下大事必作于细。
tiān xià dà shì bì zuò yú xì.

是以圣人终不为大，
shì yǐ shèng rén zhōng bù wéi dà,

故能成其大。
gù néng chéng qí dà.

夫轻诺必寡信。
fú qīng nuò bì guǎ xìn.

多易必多难。
duō yì bì duō nán.

是以圣人犹难之，
shì yǐ shèng rén yóu nán zhī,

故终无难矣。
gù zhōng wú nán yǐ.

Aja através da Não Ação,
faça sem se ocupar,
saboreie o sem-sabor.

Contemple a plenitude do ínfimo.
Retribua ao ódio com virtude.
Planeje o difícil a partir do fácil.
Realize o grande a partir do pequeno.

Obras difíceis devem ser realizadas com simplicidade.
Obras grandiosas devem ser feitas com minuciosidade.

O Sábio nunca se enaltece e realiza sua grandeza.

Promessas irrefletidas devem ser pouco confiáveis.
O muito fácil pode encerrar inúmeras dificuldades.

Por isso, o Sábio pondera o difícil e nada se torna difícil.

六十四
liù shí sì
64

其安易持,
qí ān yì chí,

其未兆易谋。
qí wèi zhào yì móu.

其脆易泮,
qí cuì yì pàn,

其微易散。
qí wēi yì sàn.

为之于未有,治之于未乱。
wéi zhī yú wèi yǒu, zhì zhī yú wèi luàn.

合抱之木生于毫末。
hé bào zhī mù shēng yú háo mò.

九层之台起于累土。
jiǔ céng zhī tái qǐ yú léi tǔ.

千里之行始于足下。
qiān lǐ zhī xíng shǐ yú zú xià.

É fácil resguardar o sereno.
É fácil planejar o imprevisível.
É fácil quebrar o frágil.
É fácil dispersar o tênue.

Aja no imanifesto. Governe antes da desordem.
A imensa árvore nasce de um pequeno broto.
A torre de nove andares se eleva de um montículo de terra.
A viagem de cem mil léguas começa com os primeiros passos.

为者败之，执者失之。
wéi zhě bài zhī, zhí zhě shī zhī.

是以圣人无为故无败，
shì yǐ shèng rén wú wéi gù wú bài,

无执故无失。
wú zhí gù wú shī.

民之从事，常于几成而败之。
mín zhī cóng hì, cháng yú jī chéng ér bài zhī.

慎终如始，则无败事。
shèn zhōng rú shǐ, zé wú bài shì.

是以圣人欲不欲，
shì yǐ shèng rén yù bù yù,

不贵难得之货。
bù guì nán dé zhī huò.

学不学，
xué bù xué,

复众人之所过，
fù zhòng rén zhī suǒ guò,

以辅万物之自然而不敢为。
yǐ fǔ wàn wù zhī zì rán ér bù gǎn wéi.

Quem intervém, fracassa. Quem retém, perde.
Através da Não Ação, o Sábio nunca fracassa.
Como não retém, nada perde.
Quase sempre próximo ao fim da obra, o povo poderá falhar.
Sendo cauteloso no início como no fim, não haverá fracasso.

Por isso, o Sábio só deseja não desejar.
Nunca estima os bens valiosos.
Aprende a desaprender.
Revertendo os vícios da multidão,
sem intervir, ele favorece a naturalidade de todos os seres.

六十五
liù shí wǔ
65

古之善为道者，
gǔ zhī shàn wéi dào zhě,

非以明民，
fēi yǐ míng mín,

将以愚之。
jiāng yǐ yú zhī.

民之难治，
mín zhī nán zhì,

以其智多。
yǐ qí zhì duō.

故以智治国，国之贼。
gù yǐ zhì zhì guó, guó zhī zéi.

不以智治国，国之福。
bù yǐ zhì zhì guó, guó zhī fú.

知此两者，
zhī cǐ liǎng zhě,

亦稽式。
yì jī shì.

常知稽式，
cháng zhī jī shì,

是谓玄德。
shì wèi xuán dé.

玄德深矣，
xuán dé shēn yǐ,

远矣，与物反矣，
yuǎn yǐ, yǔ wù fǎn yǐ,

然后乃至大顺。
rán hòu nǎi zhì dà shùn.

Os antigos e sublimes mestres do Dao
não nutriam a perspicácia do povo,
mas a sua simplicidade.

É difícil governar o povo
quando há excesso de sagacidade.

Assim, governar com sagacidade é usurpar o reino.
Governar sem sagacidade é prosperar o reino.

Quem conhece os dois modelos
e sempre escolhe o ideal
possui a Virtude Misteriosa.

A Virtude Misteriosa é insondável,
longínqua, avessa às coisas comuns,
e conduz, por fim, à Suprema Harmonia.

六十六
liù shí liù
66

江海之所以能为百谷王者，
jiāng hǎi zhī suǒ yǐ néng wéi bǎi gǔ wáng zhě,

以其善下之，
yǐ qí shàn xià zhī,

故能为百谷王。
gù néng wéi bǎi gǔ wáng.

是以圣人欲上民，
shì yǐ shèng rén yù shàng mín,

必以言下之。
bì yǐ yán xià zhī.

欲先民，
yù xiān mín,

必以身后之。
bì yǐ shēn hòu zhī.

是以圣人，
shì yǐ shèng rén,

处上而民不重，
chǔ shàng ér mín bù zhòng,

处前而民不害。
chǔ qián ér mín bù hài.

是以天下乐推而不厌。
shì yǐ tiān xià lè tuī ér bù yàn.

以其不争，故天下莫能与之争。
yǐ qí bù zhēng, gù tiān xià mò néng yǔ zhī zhēng.

Rios e mares são os reis dos cem vales:
sabendo colocar-se abaixo,
tornam-se os reis dos cem vales.

Se o Sábio deseja se elevar acima do povo,
deve falar como se estivesse abaixo dele.

Se deseja estar adiante do povo,
deve permanecer atrás.

Portanto, o Sábio se eleva
e o povo jamais o considera um fardo.
Posta-se à frente e o povo nunca é prejudicado.

Assim, todos alegremente o acolhem sem rejeitá-lo.
Como nunca disputa, o mundo com ele não disputará.

六十七
liù shí qī
67

天下皆谓我道大，似不肖。
tiān xià jiē wèi wǒ dào dà, sì bù xiào.

夫唯大故似不肖。
fú wéi dà gù sì bù xiào.

若肖，
ruò xiào,

久矣其细也夫！
jiǔ yǐ qí xì yě fú!

我有三宝，持而保之：
wǒ yǒu sān bǎo, chí ér bǎo zhī:

一曰慈，
yī yuē cí,

二曰俭，
èr yuē jiǎn,

三曰不敢为天下先。
sān yuē bù gǎn wéi tiān xià xiān.

慈故能勇，
cí gù néng yǒng,

俭故能广，
jiǎn gù néng guǎng,

不敢为天下先，故能成器长。
bù gǎn wéi tiān xià xiān, gù néng chéng qì zháng.

Todos falam que meu Dao é sublime e único.
Só ele é sublime e único.
Se fosse semelhante a qualquer coisa,
tornar-se-ia irrisório!

Possuo três tesouros para guardar e proteger:
o primeiro é o amor,
o segundo é a moderação,
o terceiro é "não ousar ser o primeiro".

Sendo amoroso, é possível ser corajoso.
Sendo moderado, é possível ser generoso.
Não ousando ser o primeiro, é possível ser o líder.

今舍慈且勇,
jīn shě cí qiě yǒng,

舍俭且广,
shě jiǎn qiě guǎng,

舍后且先,
shě hòu qiě xiān,

死矣!
sǐ yǐ!

夫慈以战则胜,
fú cí yǐ zhàn zé shèng,

以守则固。
yǐ shǒu zé gù.

天将救之,
tiān jiāng jiù zhī,

以慈卫之。
yǐ cí wèi zhī.

Hoje, sem amor, deseja-se a coragem,
sem moderação, deseja-se a generosidade,
sem modéstia, deseja-se a eminência.

Isso é a morte!

Eis por que o amor, atuando, vence
e, resguardando, consolida.
Quando o Céu deseja socorrer alguém,
ele o protege através do amor.

六十八
liù shí bā
68

善为士者不武。
shàn wéi shì zhě bù wǔ.

善战者不怒。
shàn zhàn zhě bù nù.

善胜敌者不与。
shàn shèng dí zhě bù yǔ.

善用人者为之下。
shàn yòng rén zhě wéi zhī xià.

是谓不争之德。
shì wèi bù zhēng zhī dé.

是谓用人之力。
shì wèi yòng rén zhī lì.

是谓配天，古之极。
shì wèi pèi tiān, gǔ zhī jí.

Bons comandantes não ostentam bravura.
Bons guerreiros não se encolerizam.
Bons vencedores não competem com os inimigos.
Bons líderes permanecem abaixo dos homens.

Isso se diz a virtude da não disputa.
Isso se diz o poder de liderar as pessoas.
Isso se diz a antiga e sublime sintonia com o Céu.

六十九
liù shí jiǔ
69

用兵有言:
yòng bīng yǒu yán:

"吾不敢为主而为客。
"wú bù gǎn wéi zhǔ ér wéi kè.

不敢进寸而退尺"。
bù gǎn jìn cùn ér tuì chǐ".

是谓: 行无行,
shì wèi: xíng wú xíng,

攘无臂,
rǎng wú bì,

扔无敌,
rēng wú dí,

执无兵。
zhí wú bīng.

祸莫大于轻敌。
huò mò dà yú qīng dí.

轻敌几丧吾宝。
qīng dí jī sāng wú bǎo.

故抗兵相加, 哀者胜矣。
gù kàng bīng xiāng jiā, āi zhě shèng yǐ.

Há um provérbio no uso das armas:

"Não ouso ser o anfitrião, mas ser o hóspede.
Não ouso avançar uma polegada, mas recuar um pé."

Isso se diz: mover-se sem avançar,
repelir sem erguer os braços,
afugentar sem competir,
conquistar sem se armar.

A maior desgraça é desprezar o inimigo.
Desprezar o inimigo é perder meus tesouros.
Por isso, no confronto vence o compassivo.

七十
qī shí
70

吾言甚易知，甚易行。
wú yán shèn yì zhī, shèn yì xíng.

天下莫能知，莫能行。
tiān xià mò néng zhī, mò néng xíng.

言有宗！事有君！
yán yǒu zōng! shì yǒu jūn!

夫唯无知，是以我不知。
fū wéi wú zhī, shì yǐ bù wǒ zhī.

知我者希，则我者贵。
zhī wǒ zhě xī, zé wǒ zhě guì.

是以圣人被褐怀玉。
shì yǐ shèng rén pī hè ér huái yù.

Minhas palavras são bem fáceis de conhecer e praticar,
mas ninguém é capaz de conhecê-las e praticá-las.

Palavras ancestrais! Nobres ações!

Por falta de entendimento, não me conhecem.
São raros os que me conhecem, pois eu sou valoroso.

Assim, o Sábio com seu traje rústico encobre o jade precioso.

七十一
qī shí yī
71

知不知，上。
zhì bù zhī, shàng.

不知知，病。
bù zhī zhī, bìng.

夫唯病病，
fū wéi bìng bìng,

是以不病。
shì yǐ bù bìng.

圣人不病。
shèng rén bù bìng.

以其病病，
yǐ qí bìng bìng,

是以不病。
shì yǐ bù bìng.

O saber do Não Saber é sublime.
Não saber e presumir que sabe é doença.

Somente quem vê essa doença como doença
não tem doença.

O Sábio não tem doença.

Por isso, considerando doença como doença,
não tem doença.

七十二
qī shí èr
72

民不畏威，
mín bù wèi wēi,

则大威至。
zé dà wēi zhì.

无狎其所居，
wú xiá qí suǒ jū,

无厌其所生。
wú yàn qí suǒ shēng.

夫唯不厌，是以不厌。
fū wéi bù yàn, shì yǐ bù yàn.

是以圣人自知不自见。
shì yǐ shèng rén zì zhì bù zì xiàn.

自爱不自贵。
zì ài bù zì guì.

故去彼取此。
gù qù bǐ qǔ cǐ.

Quando o povo não teme a autoridade,
surge a grandiosa regência.

Não despreze uma morada.
Não rejeite a vida.

Sem rejeição, não há ressentimento.

Por isso, o Sábio conhece a si mesmo sem se ostentar.
Ama a si mesmo sem se enaltecer.

Portanto, afasta aquilo e alcança isto.

七十三
qī shí sān
73

勇于敢则杀。
yǒng yú gǎn zé shā.

勇于不敢则活。
yǒng yú bù gǎn zé huó.

此两者或利或害。
cǐ liǎng zhě huò lì huò hài.

天之所恶，孰知其故？
tiān zhī suǒ wù, shú zhī qí gù?

是以圣人犹难之。
shì yǐ shèng rén yóu nán zhī.

天之道不争而善胜。
tiān zhī dào bù zhēng ér shàn shèng.

不言而善应，
bù yán ér shàn yìng,

不召而自来，
bù zhào ér zì lái,

繟然而善谋。
chǎn rán ér shàn móu.

天网恢恢，
tiān wǎng huī huī,

疏而不失。
shū ér bù shī.

Coragem com audácia: eis a morte.
Coragem sem audácia: eis a vida.

Ambas são ora benéficas, ora maléficas.
Quando o Céu recusa, quem sabe a causa?
Eis por que o Sábio pondera o difícil.

O Dao do Céu é bom em vencer sem disputar.
É bom em responder sem falar.

Sem ser chamado, vem por si só.
É sereno e excelente em planejar.

É vastíssima a Teia do Céu,
tão esparsa que nada lhe escapa.

七十四
qī shí sì
74

民不畏死，
mín bù wèi sǐ,

奈何以死惧之？
nài hé yǐ sǐ jù zhī?

若使民常畏死，
ruò shǐ mín cháng wèi sǐ,

而为奇者，
ér wéi qí zhě,

吾得执而杀之，
wú de zhí ér shā zhī,

孰敢？
shú gǎn?

常有司杀者杀。
cháng yǒu sī shā zhě shā.

夫代司杀者杀，
fū dài sī shā zhě shā,

是谓代大匠斫，
shì wèi dài dà jiàng zhuó,

夫代大匠斫者，
fū dài dà jiàng zhuó zhě,

希有不伤其手矣。
xī yǒu bù shāng qí shǒu yǐ.

Se o povo não teme a morte,
para que atemorizá-lo com a morte?

Se o povo, com o temor da morte,
ainda cometesse o mal,
eu poderia capturá-lo e matá-lo.
Assim, quem ousaria?

Para execução da morte, há sempre um oficial.

Se alguém substituir o executor,
eis o que chamo de substituir o Supremo Lenhador.

Substituindo o Supremo Lenhador,
seria difícil que não ferisse as suas próprias mãos.

七十五
qī shí wǔ
75

民之饥，
mín zhī jī,

以其上食税之多。
yǐ qí shàng shí shuì zhī duō.

是以饥。
shì yǐ jī.

民之难治，
mín zhī nán zhì,

以其上之有为。
yǐ qí shàng zhī yǒu wéi.

是以难治。
shì yǐ nán zhì.

民之轻死，
mín zhī qīng sǐ,

以其求生之厚。
yǐ qí qiú shēng zhī hòu.

是以轻死。
shì yǐ qīng sǐ.

夫唯无以生为者，
fú wéi wú yǐ shēng wéi zhě,

是贤于贵生。
shì xián yú guì shēng.

Existe a fome do povo,
porque os superiores excedem nos impostos.

Eis o motivo da fome.

Existe a dificuldade de governar o povo,
porque os superiores intervêm em demasia.

Eis o motivo do desgoverno.

Existe o menosprezo do povo pela morte,
porque os superiores vivem excessivamente.

Eis o motivo do menosprezo.

Somente quem nao intervém na vida
é virtuoso em estimar a vida.

七十六
qī shí liù
76

人之生也柔弱，
rén zhī shēng yě róu ruò,

其死也坚强。
qí sǐ yě jiān qiáng.

草木之生也柔脆，
cǎo mù zhī shēng yě róu cuì,

其死也枯槁。
qí sǐ yě kū gǎo.

故坚强者死之徒。
gù jiān qiáng zhě sǐ zhī tú.

柔弱者生之徒。
róu ruò zhě shēng zhī tú.

是以兵强则灭。
shì yǐ bīng qiáng zé miè.

木强则折。
mù qiáng zé zhé.

强大处下。
qiáng dà chǔ xià.

柔弱处上。
róu ruò chǔ shàng.

Quando vivem, os seres humanos são suaves e brandos.
Quando morrem, são rígidos e fortes.

Quando vivem, as ervas e árvores são suaves e frágeis.
Quando morrem, são secas e murchas.

Assim, os rígidos e fortes caminham para a morte.
Os suaves e brandos caminham para a vida.

Por isso, a arma forte se aniquila.
A árvore forte se esfacela.

Os fortes e grandes desfalecem.
Os suaves e brandos se elevam.

七十七
qī shí qī
77

天之道，
tiān zhī dào,

其犹张弓与？
qí yóu zhāng gōng yǔ?

高者抑之，
gāo zhě yì zhī,

下者举之。
xià zhě jǔ zhī.

有余者损之，
yǒu yú zhě sǔn zhī,

不足者补之。
bù zú zhě bǔ zhī.

天之道，
tiān zhī dào,

损有余而补不足。
sǔn yǒu yú ér bǔ bù zú.

人之道，
rén zhī dào,

则不然，
zé bù rán,

损不足以奉有余。
sǔn bù zú yǐ fèng yǒu yú.

孰能有余以奉天下？
shú néng yǒu yú yǐ fèng tiān xià?

唯有道者。
wéi yǒu dào zhě.

是以圣人
shì yǐ shèng rén

为而不恃，
wéi ér bù shì,

功成而不处，
gōng chéng ér bù chǔ,

其不欲见贤！
qí bù yù jiàn xián!

O Dao do Céu
não parece o retesar de um arco?

O alto se abaixa,
o baixo se eleva.

O excessivo é reduzido,
o escasso é suprido.

O Dao do Céu
reduz o excesso e supre o escasso.

O Dao do Homem é inverso:
reduz o escasso para oferecer
a quem possui em excesso.

Quem pode oferecer mais ao mundo?
Somente quem possui o Dao.

Por isso, o Sábio age sem depender,
realiza a obra sem se apegar
e jamais deseja parecer virtuoso!

七十八
qī shí bā
78

天下莫柔弱于水。
tiān xià mò róu ruò yú shuǐ.

而攻坚强者莫之能胜。
ér gōng jiān qiáng zhě mò zhī néng shèng.

以其无以易之。
yǐ qí wú yǐ yì zhī.

弱之胜强。
ruò zhī shèng qiáng.

柔之胜刚。
róu zhī shèng gāng.

天下莫不知,
tiān xià mò bù zhī,

莫能行。
mò néng xíng.

是以圣人云:
shì yǐ shèng rén yún:

"受国之垢是谓社稷主。
"shòu guó zhī gòu shì wèi shè jì zhǔ.

受国不祥是为天下王"。
shòu guó bù xiáng shì wéi tiān xià wáng".

正言若反。
zhèng yán ruò fǎn.

Nada é mais brando e suave do que a água.
Nada é capaz de vencê-la no ataque ao rígido e forte.
Nada consegue modificá-la.

Brandura vence força.
Suavidade vence rigidez.

No mundo, todos conhecem isso,
porém, ninguém é capaz de praticar.

Portanto, diz o Sábio:

"Quem assume a impureza do reino é o senhor da terra.
Quem assume os males do reino é o rei do mundo."

Palavras corretas parecem contraditórias.

七十九
qī shí jiǔ
79

和大怨，
hé dà yuàn,

必有余怨。
bì yǒu yú yuàn.

安可以为善？
ān kě yǐ wéi shàn?

是以圣人执左契，
shì yǐ shèng rén zhí zuǒ qì,

而不责于人。
ér bù zé yú rén.

有德司契，
yǒu dé sī qì,

无德司彻。
wú dé sī chè.

天道无亲，
tiān dào wú qīn,

常与善人。
cháng yǔ shàn rén.

Apaziguando-se a imensa discórdia,
ainda permanecem seus rastros.

Como isso pode ser considerado bom?

Assim, o Sábio reconhece a dívida
e não cobra do devedor.

O virtuoso exerce o dever.
O não virtuoso exerce a cobrança.

O Dao do Céu, sendo imparcial,
acompanha sempre o Homem Bondoso.

八十
bā shí
80

小国寡民。
xiǎo guó guǎ mín.

使有什伯之器而不用,
shǐ yǒu shí bó zhī qì ér bù yòng,

使民重死而不远徙。
shǐ mín zhòng sǐ ér bù yuǎn xǐ.

虽有舟舆, 无所乘之。
suī yǒu zhōu yú, wú suǒ chéng zhī.

虽有甲兵, 无所陈之。
suī yǒu jiǎ bīng, wú suǒ chén zhī.

使民复结绳而用之。
shǐ mín fù jié shéng ér yòng zhī.

甘其食, 美其服,
gān qí shí, měi qí fú,

安其居, 乐其俗。
ān qí jū, lè qí sú.

邻国相望, 鸡犬之声相闻,
lín guó xiāng wàng, jī quǎn zhī shēng xiāng wén,

民至死亡不相往来。
mín zhì lǎo sǐ bù xiāng wǎng lái.

Num pequeno reino vivem poucos habitantes.
Que o povo, mesmo com centenas de instrumentos, nem os utilize,
e, com receio da morte, não viaje para terras longínquas.
Mesmo com barcos e carruagens, que ninguém os dirija.
Mesmo com armas e couraças, que ninguém as ostente.

Que as pessoas retornem ao uso dos nós em cordões,
às suas saborosas comidas, aos seus belos trajes,
à serenidade da sua casa, ao deleite de seus costumes.
Com os reinos da vizinhança, sob o latido dos cães,
e o canto dos galos, possam envelhecer e morrer sem ter de ir e vir.

八十一
bā shí yī
81

信言不美。
xìn yán bù měi.

美言不信。
měi yán bù xìn.

善者不辩。
shàn zhě bù biàn.

辩者不善。
biàn zhě bù shàn.

知者不博。
zhī zhě bù bó.

博者不知。
bó zhě bù zhī.

圣人不积。
shèng rén bù jī.

既以为人己愈有。
jì yǐ wéi rén jǐ yù yǒu.

既以与人己愈多。
jì yǐ yú rén jǐ yù duō.

天之道利而不害。
tiān zhī dào lì ér bù hài.

圣人之道为而不争。
shèng rén zhī dào wéi ér bù zhēng.

Palavras confiáveis não são belas.
Belas palavras não são confiáveis.

Quem é bom não discute.
Quem discute não é bom.

Quem é sábio não é erudito.
Quem é erudito não é sábio.

O Sábio não acumula.

Quanto mais age para os outros,
tanto mais tem para si.

Quanto mais oferece aos outros,
tanto mais é pleno.

O Dao do Céu favorece sem prejudicar.
O Dao do Sábio age sem disputar.

Este livro foi impresso pela Gráfica Santa Marta
nas fontes Aldus LT Std, DFKai-SB e Linux Biolinum
sobre papel Pólen Bold 70 g/m²
para a Mantra.